97歳母と75歳娘 ひとり暮らしが一番幸せ

松原かね子
松原惇子

中央公論新社

はじめに

皆さん、はじめまして。松原かね子と申します。現在97歳、1925（大正14）年生まれですから、大正、昭和、平成、令和と四時代を生きてきたことになります。自分でもびっくりです。まさかこんなに長生きするなんて思いませんでした。

私は21歳で結婚して娘と息子に恵まれ、ずっと専業主婦として生きてきた人間です。78歳で夫と死別してからは、古い一軒家の自宅でひとり暮らしをしてきました。子供たちと同居しようなんて考えられませんでしたね。周りの友人たちと趣味を楽しみ、時に子供たちと食事をしつつ、好きなことに時間を使える暮らしが楽しかったですから。

ところが、87歳の時、長女の惇子《じゅんこ》から突然「家の2階に間借りさせてくださ い」と言われました。どうやら緊急事態のようです。

長女の惇子は物書きをしています。今まで何冊も本を出版していて、さまざまな雑誌にも登場しているようです。若い時に一度結婚したけれど、すぐに離婚して、それからずっとおひとり様。シングル女性の生き方を考えるNPO法人SSS（スリーエス）ネットワークという団体も立ち上げて、忙しくしています。

最近年齢を聞いたら、「75歳」と言うので、これまた驚きました。ついに母娘ふたりして「後期高齢者」となったわけです。年を取ったものね。

娘は大学卒業と同時に結婚して家を出ているので、同じ屋根の下で暮らすのは43年ぶりでした。でもふたりとも自由に暮らしてきたおひとり様同士ですからね。さまざまなぶつかり合いがありました。紆余曲折《うよきょくせつ》を経て同居は解消し、今はお互い満足した生活を送っています。

惇子がその顚末《てんまつ》を書籍に書いたり、雑誌で話したりしていたようです。するとそれを見た出版社の方から「お2人の関係の変化を本にしませんか」と声をかけていただきました。また、「お母さんの言い分もぜひ明かしてください」とも。少し迷いましたが、なんでも楽しむのが私流。ありがたく引き受けることにしました。

この本は、私と惇子がぶつかりながら、お互いが一番心地よい距離感を見つけた10年間の奮闘の記録です。その間には、高齢者同士ならではのトラブルが起き、それにともなう気持ちの浮き沈みも、それぞれ「娘の言い分」「母の言い分」として正直に綴りました。少しでも皆様の参考になりましたら幸いです。

松原かね子

目次

第4章

母にもついに「95歳の壁」が

母の言い分

かね子さんご自慢のレシピ

装幀・本文デザイン　若井夏澄（tri）
カバー写真撮影　宮﨑貢司
構成　丸山あかね

第1章

43年ぶりの同居は突然に

娘の言い分

「ひとり老後」計画が崩れた日

「お母さん、緊急事態が発生したのよ！　悪いけど一時的に家の２階に間借りをさせてください」

そう言って埼玉県にある実家の２階に身を寄せたのは、私が65歳の時だった。あれからもう10年も経ったのかと思う一方で、ここに至るまでにはいろいろなことがあったと振り返る今日この頃だ。

事の発端は、私がそれまで暮らしていた東京・目黒のマンションの水漏れ問題である。築45年のヴィンテージマンション。確かに古くはあったが、モダンなところに惚れ込んで53歳で購入した３ＬＤＫの私の城だった。

利便性の良い立地、自分好みにリフォームした内装、それに合わせた家具類……。気に入っていたし、女性誌で「素敵な住まい」として取り上げられたこともある。大好きなこの家で、愛する猫と一緒に、充実したひとり老後を送れると信じていたのに、ああ、それなのに……。

設計にミスがあったのか、老朽化が進んだせいなのか、長い年月をかけて天井裏に大量の水が溜まっていたとは思いもしなかった。それがある日、突如として水漏れトラブルに見舞われてしまったのだ。

もちろん管理組合に報告した。でも、マンションが建った時から住んでいるという理事長はなんだかんだと言って、「抜本的に解決してほしい！」という私の訴えを退ける。こちらはこちらで専門家のアドバイスを受けつつ交渉を続けるも、理事長が建設会社に遠慮しているのか、はたまた私に夫という後ろ盾がないから軽んじられたのか、遅々として話が進まない。

ついには弟にも参戦してもらったけれど、契約上では部外者である弟の出番はなかった。なんて、自分で頼んでおきながら、こういう勝手なことを言うから、私は嫌われるのね。

それはともかく、管理組合では天井や壁の張り替え工事はしても、水漏れの原因となる水道管や建築構造などの修繕工事はしないという姿勢を崩さない。だから当然のごとく漏水を繰り返すという有様で……。「バカにするのもいい加減にしてよ！」と鼻息荒く2年ほど戦った。

でも一向にらちがあかない。私は仕事とマンション問題に追われる過酷な日々に心身ともに疲れ果てていく。不毛な時間を過ごすのはもったいないと思い至って、潔く売却することにした。

自分で言うのもナンだが、昔から私は潔さにかけては優れていて、「嫌になったら即座に手放す」がモットー。そういえば離婚した時もそうだった。相手が悪かったのではなく、私は人と暮らすのが苦手らしく、自由になりたいと望んだ結果だったのだ。

そんなわけで、不動産屋さんを介してマンションの部屋を売りに出したら思いのほかすぐに売れて、2ヵ月後に部屋を明け渡すという展開に。でもこの時点では、実家に転がり込もうなどとは微塵も思っていなかった。

買い替えを考えていて、それには落ち着いて探したいので、いったん賃貸マンションの部屋を探すことにしたのだ。

65歳の私に部屋を貸したくない!?

目白にペット可の1LDKの部屋を見つけ、これで当面の住処《すみか》は確保したと一安心。が、それも束の間、契約日の前日に、不動産屋さんから電話があって、「大家さんから契約を白紙に戻したいという申し出がありまして」と告げるではありませんか!

頭が真っ白になった。

家賃が20万も30万もする部屋を借りるならともかく、9万円の部屋をなぜ貸してもらえないのかと、正直意味がわからなかった。住んでいたマンションを売ったので現金はある。70冊近く単行本を書いてきたという実績も、それなりの収入もある。身元保証人もきっちり立てた。それなのになぜ？　一体、どういうことなの？

短い沈黙のあと、不動産屋さんは言った。

「大家さんは、若い会社員の女性に貸したいということで……」

え！　ネックになっているのは私の年齢？　嘘でしょう？　だって私はまだ……いや、もう65歳だけど、現役よ。

そうか、世間では60歳以上の人は、高齢者扱いなのだ。ひとり暮らしの高齢者が部屋で死んだら困るのだろう。そういうことかと納得したと同時に、愕然《がくぜん》とした。

人生はなんて皮肉なのだろう。39歳の時に『女が家を買うとき』で作家デビューし、60歳で発表した『「ひとりの老後」はこわくない』がヒットした私。長きにわたり、高齢者に家を貸さない日本社会の慣習に「意義あり！」と声高に叫んできた私が、「60歳以上の人に部屋を貸さない問題」に前途を阻まれ、ピンチに立たされてしまうなんて。

「一寸先は闇」とはこのことか、などと冷静に受け止められるはずもなく、激しい憤りが込みあげてくるばかり。

そんな私の様子を電話越しに察した不動産屋さんが、ここは何とかしなければマズイと思ったのかどうかはわからないけれど、「次を探すのは落ち着いてからにしてはいかがですか。確かご実家は埼玉でしたよね？　都心からそう遠くないし、一時的に住まわせてもらえばいいじゃないですか」と提案してくれたのだ。

「実家に避難する？　そういう方法もあるのね。でも、母がなんというかしら？」と、躊躇《ためら》う私の心を見透かしたように、「お母さんも喜ばれると思いますよ。いくら元気が良くても、もう90歳近いのでしょう？　心細いはずです」と続ける。

それでも踏ん切りのつかなかった私は、友人に事情を打ち明けてみた。すると彼女は、「親孝行のチャンス到来ね。私は親の介護をできなかったから羨ましいわ」などと言って、やたらと背中を押す。

「親孝行？　うーん、そうなのかしら？」

疑問を抱きつつも、埼玉の実家に間借りする方向に私は舵を切った。

なによりも、長年飼っている愛猫グレのため、何とか落ち着き先を見つけなければと必死だった。まさかその先に大きな悲劇が待ち受けているとも知らずに。

我が家は誰もが精神的に自立していた

何があったかは第2章に譲ることにして、ここではまず、松原家がどういう一家かについてお伝えしておきたいと思う。

もともと我が家は日本的ではないというか、父も母も私も弟もベッタリした関係は好まない。早い話がみんな精神的に自立していた。そう育てられたというより、気づいたら互いに干渉しないのがあたりまえだった。

私が高校生の時、自治省（当時）の役人だった父が福島に転勤になって、母は付いて行った。でも「あなたたちはどうする？」と訊かれた私と弟は、転校したくないから残りたいと主張して、母方の祖母の家に住むことに。とても不思議なのだが、親と離れて暮らしていても、まったく寂しいと感じたことはなかった。

こんなふうに言うと、冷たい家族関係を想像する人がいるかもしれない。でも家族仲はすこぶる良好だった。普段はそれぞれが好きなことをしていても、食事の時は話が弾んで、笑顔がいっぱい。いつだって最高に楽しかった。だから不満も不安もない。実に理想的な家に育ったと思って感謝しています。

特に私は、自律心も、自立心も、家族の誰より強くて、大学時代にはせっせとアルバイトをして友人とヨーロッパを旅行したりもした。

私にはこれといった夢がなかった。だから目的があって大学に入ったわけではなく、なんとなく。選んだ大学も悪かったかもしれない。女子大だったので、誰もが卒業後はエリートと結婚して、〝良妻賢母〟になることを夢見ているといった感じで……。1960年代は「結婚こそ女の幸せ」がまかり通っていたし、それが悪いというのでもないのだけれど、私は「保守的に生きるのはつまんないなぁ」と思っていたのだ。

そんな時私の心を揺さぶったのが、海の向こうのまだ見ぬ国。当時は、外交官だとか、国の奨学金制度で留学をする人だとか、限られた人しか海外へ行かない時代だった。渡航費はいくらくらい必要なのか調べてみたら、2ヵ月の滞在費を含め50万円！　1ドルが360円の時代だ。でも、諦める気にはならず、困難なことだからこそ挑戦してみたいと逆にファイトが湧いてきた。

その間も両親は何も言わなかった。ヨーロッパを旅したいとは伝えていなかった気もするけれど、ロクに勉強もせず、ワサワサとしていることは察知していたはず。それでも放っておいてくれた。

さらに当時は、「結婚前の女の子が海外に行くだなんて、お嫁に行けなくなる」と揶揄《やゆ》された時代だ。それなのに、両親はなーんにも反対しなかった。そればかりかロシアのナホトカに向けて出航する船を見送るために、横浜港まで来て、笑顔で手を振ってくれた。

1年でスピード離婚。親の反応は

シベリア鉄道で横断して辿り着いたヨーロッパで、女友達と行き当たりばったりのふたり旅。2ヵ月の大冒険は、一生の思い出といえるほど楽しいものだったけれど、帰国後も私は「自分はこんなふうに生きたい！」という夢を見つけることはできなかった。そのまま4年制の大学を卒業し、やりたいこともないので、つきあっていた人と結婚した。

なんとなく嫌な予感がしても、実際に体験して痛い目に遭わないと、納得して前へ進めないのは私の性分なのだろう。

案の定、結婚してすぐに「やっぱりダメだ」と思った。結婚相手には本当に失礼な話なのだけれど、二人で歩調を合わせて暮らす結婚生活が私に向いていないことは、火を見るよりも明らかだった。そういえば、社交ダンスを習っていた時に先生からこう注意されたことがあった。「松原さん、私がリードしますから。自分でリードしないでください」。

新婚の女性の多くが、嬉々《きき》として夫のための料理作りに取り組んでいるというのに、私ときたら台所でサンマを焼きながら「サンマなんか焼いちゃって。私、何をしているのだろう」と悲しくなっていたのだから。

　この生活がこの後何十年も続くのかと思うとゾッとした。夫婦は互いに助け合い、寄り添って生きる姿が美しい。それはわかっていたけれど、二人三脚は苦手というより好きじゃないのね。ひとりで歩いたほうが自分らしい。そう結論づけて、1年でスピード離婚しました。

　結婚する時も、離婚した時も、親には事後報告。「結婚します」と伝えたら、黙って結婚式に参列し、「離婚します」と伝えた時も、「ああ、そう」と淡々と受け止めていた両親は、娘を信じていてくれたのだなと今になって思う。

　離婚後も、私は実家には戻らなかった。当時はまだ離婚が珍しく、人々の中には離婚＝不幸という認識があって、離婚して実家に戻る女性は「出戻り娘」などと呼ばれ、冷たい目で見られていた。つまり離婚したら実家に戻るのはあたりまえだったわけで、その点、我が家は規格外だったのかもしれない。

　離婚が市民権を得た昨今では、離婚に対する暗いイメージは払拭《ふっしょく》され、娘が実家に戻ってくれれば、娘も金銭的に助かるし、親もそばにいてくれて助かるからお互いにハッピーなんて聞く。

そもそも私の中には、離婚後、実家へ戻ろうか？　それともひとりで暮らそうか？　という迷いがなかった。お金はなかったけれど、離婚が成立して、やっと自由になれたという解放感に酔いしれていた。

結婚している間住んでいた見晴らしのいい高級マンションを出て私が暮らし始めたのは、6畳一間、風呂なし、裸電球ひとつのアパートだった。引っ越しの準備をしながら、古い生活を捨てるというのはなんて清々《すがすが》しいのだろう、自分らしい人生が幕を開けるのだとワクワクしていた。そんなわけで、勇み足で住み始めたひとり暮らしは、どんなにチープであっても希望に満ち溢れていたのです。

そりゃあ台所だってお粗末でしたよ。でも私は嬉しかった。「この台所でサンマを焼くわよ。2尾じゃなくて1尾よ。自分のためだけに焼くの！」と張り切ったりして。とはいえ、サンマを1尾買うのにしても先立つものは必要。実際にはじっくりと焼いている暇などなく、新聞の求人欄をたよりに職探しを始めた。

そして、森英恵《もりはなえ》さんの会社で社長秘書という名の事務員として働き、その後、自分でデザインしたニット製品でマンションメーカー（マンションの一室をオフィスにしているアパレルメーカー）を経営したり、はたまたその会社をすっぱり人に譲って、3年間ニューヨークに留学したりと、職を転々とする。

ニューヨークから日本に戻り、アルバイトに明け暮れていたある日、先輩女性が「女がひとりで生きていくのなら、老後の家を確保しておかなくちゃダメよ。この国では60歳以上の人に家を貸さない悪しき習慣があるのだから」と言うのを聞いてギョッとした。貧乏から這い上がり、家を購入した先輩女性の意見には妙な説得力がある。私は「女ひとりの老後」という言葉にハンマーで頭を殴られた気がした。こうして私は35歳の時に、親に頭を下げて頭金の援助を受け、ローンは自分で払うと決めて、東京の中古マンションを購入した。

家賃がなくなったとはいえ、毎月のローンを払うのは簡単なことではなかった。さて、どうするか？　考えた末に、アメリカで暮らした経験を活かして、女性誌などでアメリカ文化を紹介したり、ニューヨークの観光ガイドの記事を書いたりできないものだろうかと思いつく。この無謀な試みが通用したのは、時代に応援されたからだ。当時は次々と新しい雑誌が創刊されていて、こぞって海外の特集をしていたのがラッキーだった。

記事を書く仕事が縁で編集者と知り合い、私の運命は大きく好転する。本を書くよう勧められ、書いたのがデビュー作『女が家を買うとき』だった。この本は自立してシングルで生きたいと考える女性たちの支持を得て、無名なのにヒットし、続いて40歳の時に発表した『クロワッサン症候群』がベストセラーになる。以降、私は「女性がひとりで生きること」をテーマに執筆を続け、次々と本を出し、51歳の時には、おひとり様の女性のための団体「NPO法人SSSネットワーク」も立ち上げ、今に至る。

母は何でもできちゃう凄い人

結局のところ、実家に身を寄せるという決断には、勇気と覚悟が必要だった。

なにしろ母と同居するのは43年ぶり。さらに、私は人と暮らせない性分だと自覚している。

2004年に父が急逝した時、母は78歳になって初めてひとりで暮らすことになってしょんぼりしていたし、寂しかったと思う。それまで子供に依存する様子なんて微塵《みじん》もなかったのに、父の死後、久しぶりに母と恵比寿駅で待ちあわせて、知人の家に行く道すがら、母が急に不機嫌になった。そして、「あなたたちきょうだいは仕事、仕事と言って何もしてくれない。絨毯《じゅうたん》を買ってくれると言っていたのも忘れているでしょ。お母さんのことなんてどうでもいいのよ！」などと言い出した。その時は喧嘩になってしまったのだけれど、古い恨みごとまで持ち出すほど不安でたまらなかったのだろうと、今ならわかる。

ところが母は立派に立ち直った。そうして10年のあいだに、すっかりひとり暮らしのペースを摑んでいる。だから、同居はそううまくはいかないだろうと思って、どうしようかなと、私は躊躇《ちゅうちょ》していた。

でも住むところがなくなり、猫と一緒に路頭に迷うことになるかもしれないという大ピンチに陥って、思い悩んでいる暇はなかったというのが正直なところだ。もちろん母のことは好きだし、尊敬している。だって母は何でもできちゃう凄い人なのだから。

家の中にはセンスの良い調度品が綺麗に並べられていて、さながら美術館のようだ。お料理も抜群にうまい。中でも細かく刻まれた牛肉の入ったコロッケが絶品で、私の友人たちにも大好評。「お母さんのコロッケが食べたい」と言ってお客さんが遠方からやって来るほどだった。

ある時、知り合いから「あなたのお母さんは貴重な存在、昭和の食卓の生き証人よ」と言われたことがある。たしかに母の切り干し大根も、がんもどきの煮つけもとんでもなくおいしい。だが考えてみると、その作り方を学んだことがなかった。今のうちに教えてもらわなくっちゃと、2冊のレシピ本を母と作った。母は料理作りから携わってくれて、貴重な昭和のレシピを受け継ぐことができたのだが、2冊目に収録したのはなんと52品。それを母はたった2日間で作った。当時81歳。今自分が75歳だと思うと、まったく真似できる気がしない。

おしゃれなことにも感心する。母独特の美的セオリーが確立していて、むずかしい柄物と柄物の組み合わせも見事に着こなしてしまう。どうやら昔からおしゃれだったようだ。女学校を出た後、服飾専門学校の老舗、目黒のドレスメーカー女学院に進学したというから、そこで磨かれたのかもしれない。まさにおしゃれは一日にしてならずだ。

お気に入りのブランドはイッセイミヤケ。「これ、一生ものだから」などと言い訳をしながら、プリーツプリーズやｍｅの服を上下で買って、それに合わせた帽子も新調するといった具合だ。

母は、室内以外では必ず何かをかぶっていて、もはや帽子は頭の一部とも言える。コレクションは奇抜なものばかり。ソフトクリームのような形の帽子とか、モンゴルの遊牧民がかぶっているような帽子とか、鳥の巣のような白い羽でおおわれている帽子とか。そんな難易度の高いファッションアイテムをさらりと着こなすのだ。

母は私の小さな頃から近所の人たちのあいだで「おしゃれなお母さん」で通っ

ていた。外に出れば、見知らぬ紳士からしょっちゅう「素敵ですね」と賞賛されているようだ。「ちょっと、何か落ちましたよ」としか声をかけられたことのない娘の私は、完全に負けている。

私の周囲では「元気なお母さん」として知られていたため、実家に移り住んだのを知った友人たちは一様に驚き、「お母さんの介護？」と異口同音に訊いてきた。それに対して私が「いえいえ、母はすこぶる元気よ。ハエ叩きで落としたいくらいピンピンです」と正直に答えると、一瞬ギョッとしたような表情をしてから大笑い。

それにしても「お母さん、間借りをさせてください」と切り出した時のことが忘れられない。母の第一声は「えーっ！」だった。その瞬間、「やっぱり想定外なんだ」「困惑してるんだ」「どちらかといえば嫌なんだ」と思った。

ところが次に発した一言で、母の表情がスッと変わったのを私は見逃さなかった。

「その代わり家賃は払いますから」

母の言い分

「間借りさせて」、申し出に驚く

「家賃を払う」と聞いて私の顔色が変わったなんて嘘ですよ。

私はお金のことなんて……。ただあまりにも唐突だったものですから、びっくりしてしまいました。いつも、娘は唐突なのだけれど。

こちらも子供にいちいち相談しませんが、惇子から悩みのさなかに相談されたことはありません。我が家のスタイルですから、それでいいのです。でも私の暮らす家で同居するとなったら話は別。私の家なんですもの。

実は、同居を切り出された瞬間に、いやーな予感がしました。私には私の暮らしのリズムがあるし、あちらもひとり暮らしを続けてきたのだから、譲れないことがたくさんあるでしょう。上手くやっていけるのかしら？　長年生きて来た人間の勘なのか、相手が惇子だからなのか、それはわかりません。

はっきりとしているのは、これが他人だったら即座に断ったということ。どんなに高い家賃を払うからと言われても、他人と同居するのは嫌。絶対に嫌だと思っていました。

でも、惇子は家族でしょう。聞けば抜き差しならない事情があって困っているというじゃありませんか。それに、「次の家が決まるまで、とりあえずここに同居させて」と言っていたような……。だったら構わないかなと思ったのです。

あの時、「いつまで?」って聞くべきだったかしら? でもそんなことを言えば角が立ちます。

本当はちょっとだけ嬉しかったというのもあってね。でも、惇子がいてくれたら心強いとか、そういうことではありません。だって私は何だって自分でできるし、自分でやらないと気が済まない性分なんですから。

話し相手だっていましたよ。近所の人とは世間話もしますし、趣味を通じて知り合った友人と、しょっちゅう出かけたり、電話でお喋りしたりしていました。

だけど毎日、「おはよう」や「おやすみなさい」、「ただいま」、「おかえり」とあいさつを交わす人がいたらいいなと思っていたのです。あいさつの習慣は、ある日夫がポックリ逝ってから消えていましたからね。

私によく懐いている通い猫のチーちゃんが毎朝家の軒先に来ていて、皆勤賞をあげたいくらいでしたが、チーちゃんに「おはよう」って言っても「おはよう」と応えてくれるわけではありません。たまに「ニャーン」と鳴くことはありますけど。それが寂しいといえば寂しかったのね、きっと。

おしゃれな父とお出かけした子供時代

私は1925年に埼玉県川口市で生まれました。ちょうど大正から昭和に移り変わる時期です。3歳年上の姉がいました。姉も93歳まで生きたので、姉妹ともに長生きだわね。

父が地元で事業を興していて、比較的恵まれた環境で育ったように思います。

父はいつもパナマ帽をかぶって、黒いマントを羽織っているような、おしゃれな人でした。英語をたしなみ、洋食が好きだったけど、寄席《よせ》も好きだったんです。よく電車で上野に連れて行ってくれました。「鈴本」で落語を楽しんで、なんという名前のお店だったか、古い中華料理店で食事をして帰るというのがお決まりのコースでね。私はそのお店で初めてピータンや餃子を食べて、なんて美味しいのだろうと感激したのを覚えています。

それから今半《いまはん》でいろりを囲んでお肉を食べた時のことも忘れられません。ほっぺたが落ちそうという表現があるけれど、本当にほっぺが落ちてしまうのではないかしらというくらい美味しかった。口に入れたら溶けてしまうお肉なんて食べたことがなかったものですから。ビックリした顔をしていると、その顔を見た父が大笑い。本当に楽しかった。懐かしいです。

父と外出する時は、私も必ず帽子をかぶっていました。父が洋服を買ってくれる時、必ず帽子も買ってくれたから、たくさん持っていたのです。「かね子は頭が小さいから帽子が良く似合う」と褒めてくれました。そんな嬉しい思い出があるせいか、今も私は帽子が大好きなのです。

女学校時代には、お友達と放課後に銀座に遊びに行っていました。そのままのお洋服だと学校にばれてしまうから、駅のお手洗いで着替えていたの。ところが、ある日、カメラマンに写真を撮られて「銀座のモダンガール」として、新聞に載ってしまったのです。さすがに家族に見つかってしまって、こっぴどく叱られました。今ではいい思い出ですね。

私はおしゃれが大好きだったから、洋裁が学べる学校へ進みました。ほとんどの方が女学校を出てすぐに結婚するなか、とても珍しがられました。そうしてお年頃を迎えた私に、一つの出会いがあったのです。

なんでも自由にさせてくれた夫

母が信心深い人だったので、我が家はよくお墓参りに出かけていました。うちのお墓のお向かいにあるお墓のご家族もよくみえていて、お寺の方がご夫婦を紹介してくださいました。

ある日、墓地でそのご夫婦に会ったら、「知り合いにすごくいい青年がいるから、お嬢さんにどうかしら？」と、お声掛けくださったのです。それでお見合いしたのが、夫でした。学校時代の友達も、ほとんどお見合いで結婚していたので、そんなものかなと思ってね。

ずいぶんと顔の長い人だな、というのが第一印象です。でもゆったりとした喋り口調で、いかにも真面目そうでした。家に帰って、父が「お父さんはいいと思うんだけど、どう？」と訊いてきたので、親が勧めるのだから間違いはないと思いました。デートもしないうちから結婚の話を進めてもらうことにしたのです。

21歳で結婚をして、翌年、長女である惇子が生まれ、そこから4年経って長男が生まれました。子育ては大変でしたが、周囲の人たちに助けてもらいながらなんとかこなしていました。今は核家族が増えたけれど、昔は子育ての先輩がまわりにたくさんいて、いろいろと教えてもらえて心強かったとも言えます。

結婚当初、私の母が夫の給料を知って、「役人のお給料ってこんなに安いの?」とびっくりしていたけれど、私は「お母さん、そんなことは言わないで。私は何不自由なく暮らしているのだから」と言いました。

夫は穏やかないい人でした。性格的には父にちょっと似ていたと思います。感情的になったのを見たことがありませんし、威張ったりもしない。なんでも私の自由にさせてくれました。嫁ぐ前から習っていた茶道も続けさせてくれ、友達と出かけると言っても「ああ、気晴らしになるから行っておいで」と送り出してくれました。

ですから私は食事だけはちゃんと作らないといけないと思って、そこは頑張っていました。自分が食いしん坊だからというのもあるのだけれど。

新婚時代にお料理教室へ通ったのですが、レシピ通りに作っても美味しくできないから、これじゃダメだと思って、自分が外で食べて美味しかったと思ったものを真似して作るようになりました。夫が美味しいと言ってくれると嬉しくて、どんどんレパートリーが増えていって。夫はこれは嫌だとか、こうでなくちゃダメだなんてことは一切言わずに、なんでもパクパク食べてくれました。

親の考えをやみくもに押しつけない

夫は子供たちのことも、「好きにさせておきなさい」と言っていました。「それぞれ個性があるのだから、育児書の通りにはいかないよ」と。ですから私は子育てに焦りは禁物、その子のペースで成長するのを見守ることが大事なのだ、と肝に銘じていたのです。

惇子は特別に変わった子でした。幼稚園に連れて行っても、勝手に帰って来てしまうのです。ある日、私の父が惇子を幼稚園まで送ってくれたのですけれど、門を出て振り返ったら惇子が幼稚園から飛び出して歩道をテクテク歩き始めている。慌てて引き留めて「どこへ行くんだ?」と尋ねると、「今日は幼稚園に行く気がしない」ときっぱり答えたというのです。

またある日は、私が「そんな悪い子は出ていきなさい」と怒ると、惇子は「ハイ!」と元気よく返事をし、ランドセルを背負って、夕空の中スタスタと出て行ってしまいました。慌てて家族全員で後を追いかけましたよ。

父は「あの子は自分の考えというものをちゃんと持っているから、注意して育てないといけない。三つ子の魂百までといって、あの性分は一生変わらないだろう。親の考えをやみくもに押しつけず、個性を良い方向に活かせるように導かないといけないよ」と諭してくれました。

夫も私の父と同じ考えだったので、私はそれに従って、お行儀に関しては厳しく言っていたけれど、「あんな子とつき合ってはいけません」とか「勉強しなさい」なんてことは一度も言いませんでした。それでも、いいお友達がたくさんいたし、学校の成績もよかったですよ。

思うに、惇子は自分のやりたいことに対する行動力と集中力がすごいのね。大学3年生の時には、学校そっちのけでアルバイトをして、お友達とふたりでガイドブックもない時代にヨーロッパに向かったんですから。すごい度胸ですよ。夫と2人で、「大学は中退するかもしれないね」と話していたんですけれど、ちゃんと休んだ分も巻き返して卒業したのです。それで今度は夫と「見事にやり遂げたね」と話していました。

あの子は男のような気性だから、結婚はしないかもしれないなと思っていたけれど、したんですよね。すぐ離婚してしまったけれど。

その後は自分で会社を始めたり、アメリカで暮らしたり、自由にやっていました。それを親は見守ることしかできない。だって反対したって聞きませんから。

その代わり、なんでも自分で決めて、失敗してもグチャグチャ言わずに自分で解決するから、私はハラハラさせられたことがないのです。それは最高の親孝行ではありませんか？

思い切りもいいのですよ。夫と一緒に「誰に似たのだろうか？」と首をかしげていました。

せっかく買ったマンションも損を承知で手放してしまう。野心はあるのにお金に対する欲はないというか。そういえば夫も欲のない人でした。夫の口癖は「健康ならそれでいい。欲をかかないように」。さらに、戦争経験者である夫は「自由ほどすばらしいものはない」ともよく言っていましたね。

ただ惇子は思い立ったらブルドーザーみたいに前進するようなところがあります。同居させてほしいと言われた時も、半ば強引でした。

近所に暮らす人たちから、「娘さんが帰って来てくれたんですね。親孝行な娘さんでよかったね」とか言われましたけれど、内心それはちょっと違うと思っていました。

使い勝手のいい自慢の家

今の家を建てたのは、1963年頃、惇子が高校生の時です。夫が福島に転勤することになり、私も同行することにしました。惇子には福島のミッションスクールに入れば？　と提案したけれど、答えは「嫌」だと。県立高校に通いたいからと言われました。息子もこちらに残るというので、2人は埼玉にある私の母の家で暮らし、私たちは私の母を連れて福島へ行くことになったのです。夫の両親はすでに他界していました。

福島へ行くことが決まる少し前に、新しい土地を見つけて、家を建てました。1階にキッチンのついた広い洋間と和室、お風呂、トイレがあって、2階は洋間が2つ。こだわったのは、2階にもトイレを作るということと、全体にシンプルであることとくらいです。シンプルな間取りでないと、お掃除が大変ですから。

3年後に福島から帰ったら、家具や電化製品が何でも2つずつあるという感じになったし、福島時代は到来物がたくさんあってね。このままでは家中が物だらけになってしまうというので、庭に6畳ほどの納戸をこしらえて、普段使わないものはそこへ入れることにしたのです。

私はどこもかしこもビシッと片付いていないと嫌なので、納戸といってもきちんと家具を並べて、その中に物を納め、ちょっとした小部屋みたいになっていました。惇子はお友達を連れて来て、納戸で過ごしたり、布団を敷いて寝たりしていましたよ。でも、子供たちは早くに家を出て、それぞれに暮らし始めたので、その後は夫と2人暮らしになりました。

とても使い勝手のいい家なんですよ。床も磨けば磨くほど艶めいてきて、お掃除が楽しい。季節ごとに絵画や小物も変えていました。玄関に茄子《なす》の香炉を飾れば、それだけで秋を感じさせてくれます。美しいものに囲まれていると気持ちが浮きたつのです。目の保養とはよく言ったものね。

食器棚には、私の好きな食器がびっしり並んでいます。小皿なんて、小料理屋を開けるほどあるのですよ。惇子には

かね子さん、こだわりのキッチン（2005年）

「また買ったの？　もう人生も残り少ないのだから、いい加減買うのやめたら」なんて言われたけれど、いつも同じお皿で食べていてはつまらないというのが、私の持論。小皿は食卓の演出家ですからね。

家具も、飾っているものも、好きなものばかり。私の自慢の家なのです。

夫の最期はピンピンコロリ

夫は2004年、私が78歳の時に、85歳で亡くなりました。夕食のカレーを食べた後、背中が痛いと救急車で運ばれ、搬送先の病院に着いた頃にはもう息がありませんでした。腹部大動脈瘤の破裂です。

夫は80歳を過ぎた頃から、毎朝、仏壇に向かって「僕はもう十分に生きたので、どうぞいつでも迎えに来てください」と言って拝んでいたのです。だから本人に悔いはないと思うし、なにより苦しまずにピンピンコロリで逝けたのは良かった。

周りのお友達から、「ご主人はなんてすばらしい死に方なんでしょう。生き方が死に方に表れるっていうけど、本当ね」とよく言われたものです。

私は夫より先には逝けないとずっと思っていました。私は自分のことは何でもできるけれど、夫にはひとり暮らしはできませんから。

もちろん悲しかったけど、それより驚きの方が先に立って――。その後も葬儀やら何やらでバタバタしていたので、悲しみが込み上げてきたのは、ひとりで暮らし始めてずいぶんと経った頃でしたね。

初めてひとりで過ごした夜は怖かった。病院から夫を家に連れて帰って、1階の部屋に安置したのですけれど、それを見届けると子供たちは2人とも「一旦、家に戻ります」と言って、さっさと帰ってしまったのです。

シーンと静まり返った部屋にポツンとひとり。そういう経験が今までなかったこともありますけれど、とにかく用心が悪くなった気がして怖い。夜になると、カーテンのついていなかった窓を風呂敷で覆ったりもしました。

でもすぐに慣れました。子供たちと一緒に暮らそうという発想はなかったです。

その頃は息子も独身だったから、周囲の人たちから「どちらかのお子さんと同居なさるの？」と訊かれることもありました。でも、私は「何のために？」と思っていました。

ひとり暮らしになっても、私の生活リズムは基本的に変わりません。いつも通りに起きて、いつも通り掃除をして、朝食を作る。時に友達と銀座へ出かけたり、お稽古に通ったり……。私は福島時代に始めた刺繡や鎌倉彫や盆景が趣味で、定期的にお稽古に通っていたし、お友達もたくさんいたので、寂しさを引きずるということはなかったのです。

むしろ、自分の好きなように時間のやりくりができる毎日、夫の食事を気にせずに出かけることのできる気ままな毎日、誰にも気を遣わずに過ごせる毎日が始まったのだと、ポジティブに捉えて過ごしていました。

時間薬とはよく言ったもので、人は環境に慣れていくのですよ。いつの間にかひとり暮らしのベテランになっていくの。楽しくなってくるのです。

さて、ひとり暮らしのベテラン同士の同居はどうなるのやら……？

かね子さんご自慢のレシピ　1

うますぎるコロッケ

なんと10個も食べる人がいるほど来客に大人気の、かね子さんお手製のコロッケ。惇子さんは、「このコロッケが世界で一番おいしいと思う」と言う。牛肉が刻んで入っているのがポイント

材料（4人分）

じゃがいも…5個
玉ねぎ…1.5個
牛肉肩ロース…300g
サラダ油…大さじ1
バター…小さじ1
こしょう…少々
しょうゆ…大さじ1強
衣─小麦粉…1カップ
　　卵…1個
　　パン粉…適量
揚げ油

作り方

1 じゃがいもは皮をむいて1個を4つぐらいに切り、ゆでる。ゆであがったらざるに一度あげ、水を捨てた鍋にもどして、弱火でゆすりながら粉をふかせる。

2 **1**をマッシャー、またはすりこ木でつぶす（形が残っていてもよい）。

3 玉ねぎはみじん切り、牛肉肩ロースはせん切りにする。

4 フライパンにサラダ油とバターを熱し、玉ねぎを炒める。牛肉を入れて炒め合わせ、こしょうとしょうゆを加えて火からおろす。

5 玉ねぎと牛肉をざるにあけ、汁気をとる。

6 **5**とつぶしたじゃがいもを熱いうちに混ぜ合わせ、冷めたら手で丸めてコロッケの形を作る。

7 小麦粉を天ぷら衣程度に水で溶き、卵を割り入れてざっと混ぜる。これに5をくぐらせ、パン粉をまぶす。小麦粉と卵を先に混ぜるのがポイント。

8 180度くらいの油で、きつね色に揚げる。

1955年頃のかね子さん。幼少期の惇子さん、長男とともに。三人が着ている服はかね子さんの手作り

第2章

おひとりさま同士はむずかしい

母の言い分

定位置は背もたれのないスツール

87歳で惇子との同居を始めるまで、私は淡々と暮らしていたのです。

特別な健康法はないけれど、子供の頃に水泳を続けていたおかげかしらね。家の近所で柔道の道場を運営していた人が荒川区で水泳教室を始めて、姉と一緒に私も通うようになりました。ずいぶん長く通っていたのですよ。

当時は今のような水泳帽なんてありませんから、ヘルメットのような帽子をかぶって、荒川を横泳ぎで横断していました。その頃の写真を見て、惇子が爆笑していましたね。

実はここだけの話、10代の頃、姉とともに国体に出たこともあります。近所の人たちや親戚がたくさん応援にきてくれたのに、結果はビリから1番目と2番目。すごく恥ずかしかった。惇子は「もう少し頑張っていれば、前畑ガンバレ！ の前畑秀子さんのようになれたかもしれないのに。なんて残念なの」と言うけれど、どうかしらね。でも、若い頃に泳いで泳いで、1日に何百メートルも泳いで鍛えた体があるから私は元気なのでしょう。

それに、日々の暮らしのなかの動作が自然と運動になっているように思います。たとえば毎朝する床のモップ掛けは柔軟体操みたいなものでしょう？　台所の床下収納に入れているお米を取り出すためには、ひざまずくので屈伸運動になります。５キロのお米の袋をググッと引き上げるのには、指の力や腕の力が必要だし、腹筋の運動にもなります。

テレビを見ている時もソファに寝転がったりはしません。定位置は、背もたれのないスツール。「あ、あれをやらなくちゃ！」と思いついたり、玄関でピンポーンとチャイムが鳴ったり、電話がかかってきたりした時に、サッと立ち上がるためにはスツールに腰掛けているのが一番なのです。

惇子は「スツールはインナーマッスルを鍛えるためにもいいわよね」と言っていたけれど、インナーマッスルってなんでしょう？

とにかく毎日が忙しいのです。

掃除は日々小まめにするのがコツ。お台所の水回りや、洗面所、トイレも使うたびにピカピカになるまで磨くようにしていました。

お風呂も丁寧に洗っておかなくては、入る時にヌルッとしてしまう。そうなったら気持ち悪いでしょう？　でも、長く続けてきたことだから、特段意識していたわけではありません。第一、代わりにしてくれる人がいないのですから、自分でするしかありません。

玄関は特に綺麗にという習慣は、福島時代に身につけました。福島では来客が多かったのです。「玄関先にいただいたものを放置してはダメよ。くださった方が次に来た時にも出しっぱなしだったら失礼になるから」と母に叱られました。

靴はできるだけ靴箱に片づけて。出したままにしても、きちんと揃えておくこと。これは子供時代から、母に厳しく言われていたことです。子供だから、うっかり忘れてしまうこともあったけれど、あとからそーっと玄関を見に行くと、母が揃えてくれていました。そうすると叱られた時より反省しますね。そんな時のことが頭の片隅に残っているから、外から帰宅したら儀式のように靴を揃えるようになったのでしょう。

その他にも、仏壇のお世話をしたり、植木に水をやったり、お洗濯やお布団干し、ゴミ出しにも買い物にだっていかなくてはいけないし。一日中クルクル動き回って過ごしていたら、病気になっている暇なんてありません。

冷蔵庫には常にステーキ肉を

もちろん食生活も大事ですね。

私はお肉が大好き。冷凍庫の中には常にステーキ肉や霜降りの薄切りロース肉を常備。私、牛肉にはちょっとうるさいのです。父に美味しい牛肉の味を教えられたせいですね。

あまりに牛肉を好むので、家族からは、「丑《うし》年生まれなのに共食いだ」なんて

惇子さんの目黒のマンションで、かね子さんお手製のごちそうでホームパーティ（2000年頃）

言われていました。笑っちゃうわ。

豚肉も鶏肉も好きですよ。夫が生きていた頃は、部下の人たちがよく我が家へご飯を食べにいらしていました。でも気取ったお料理は売れ行きが良くないの。だから、おでんとか、肉じゃがや焼き鳥を大量に作っていました。

ひとり暮らしになって、大量に作ることはなくなったけど、みんなが美味しいと言ってくれたお料理は、私のおなじみの料理。食べたいなと思えば、すぐに一人分でも作っていました。

食べ物の情報交換も趣味のうち。友達から銀座の甘味処へ行こうと誘われて以来、「鹿乃子《かのこ》」の常連さんになったり、お寿司なら「久兵衛」と教えてもらって定期的に行くようになったり。

ご近所さんと外出先で買ってきた名産物などを届け合うのも楽しい。いただくのも嬉しいけれど、差し上げるのもワクワクします。人の喜ぶ顔って、幸せを運んでくれるのですよ。

「上等な牛肉があったから」と届けてくださる方もいて、「せっかくだから一緒に食べましょうよ」と家に招いて、料理の腕を振るうこともありました。

手料理を食卓に並べると、友達は「こんなにたくさん！」と驚いていたけれど、ひとりで食事をする時にも、ご飯におかずが1品だけなんてことはありませんでした。夫と暮らしていた頃と同じように、バランスを考えて3品くらいのおかずを用意します。お味噌汁かお吸い物も必ずつけて。それにお漬物も。

朝食はパンに合わせてサラダを作って食べていました。卵料理とソーセージかハム、ヨーグルト、それに納豆が定番メニュー。お紅茶はダメ。朝はコーヒーに限ります。

私は食べる量も多いようです。みんなにびっくりされますから。ステーキなら200グラムはペロリと食べちゃう。もちろんステーキだけ食べるなんてことはしませんよ。ごはんもサイドディッシュも一緒にいただきます。

ですから、60代で総入れ歯になった時は参りました。お肉を嚙み切れないというう以前に、入れ歯が合わなくて、何を食べても美味しくないのです。違和感が先に立って味がわからないというか……。

とにかく憂鬱でね。でもお腹は空きます。このままだとノイローゼになりそうだと、いい歯医者さんを求め数年はさ迷い歩きました。最終的に、人の紹介で目黒の名医さんと出会えたのは奇跡でした。

調整してもらったら、おせんべいでも硬いフランスパンでも、ステーキも問題なく嚙み切れるようになって、命拾いをした気がしたものです。

着る服を考えるのが至福の時

私の場合、おしゃれも生命力の源といえるかもしれません。

おしゃれをすると人と会いたくなるでしょう？　どこかへ出かけたくなったりするでしょう？　それがいいのです。

父とおしゃれをして上野界隈へ出かけるのが大好きだったからか、おしゃれとお出かけはセット。「何を着ていくか考えるのが面倒くさい」なんていう人の気持ちがわかりません。だって、クローゼットを覗きながら、「今日は何を着ていこうかしら？」と考えるのが至福の時なのだもの。

季節やお天気にあわせて、それから行く場所や会う人のことを考えながら、ベッドの上に候補に挙げた服を並べ、最後は気分で選びます。続いて鏡の前でアクセサリーや帽子を合わせて、靴やバッグを揃えて……。

そんな時は自分の年齢のことなんか忘れています。「もう年だから」とか「いい年をして」なんて考えたことはありません。ご一緒する人に恥をかかせるようなことがあってはいけないとは思うけれど、人がどう思うかなんて関係ない。自分がしっくりくるかどうかが大事なのだと思うのです。

それに服のことを考えるのが好きなのね。惇子が小さい頃は可愛い服を着せたくて、ずいぶん手作りしましたよ。当時はあんまり可愛い子供服が売ってなかったし、あっても舶来品だったりして高価でしたから。一生モノならともかく、子供の成長は早いですし、翌年には着られなくなってしまうことを思うともったいなくて。

自分の服はエレガンスな生地にこだわって、自分でデザインして、オーダーで職人さんに仕立ててもらっていました。惇子にも同じ生地で服を作ることも。お揃いの服を着ている写真を探せば、きっと出てくると思います。

おしゃれしていると素敵なことがたくさんあるのですよ。道に迷って若い男性に尋ねたら、「ご案内しますよ」とエスコートしてくださったり、「あら素敵！」なんて見知らぬ女性に声をかけられたりしたこともありました。

同年代の友達もおしゃれな人ばかり。赤と黒のコーディネートでばっちり決めた友人を惇子に紹介したら、「わあ、プラダのサングラスが似合う。格好いい！」って。ファッションは見る人の気持ちも上向きにしてくれるのです。

カラフルな色は、今の方がぴったり

ある日、そのゴージャスな友人も含めた仲良し3人組が集って、銀座の鹿乃子であんみつを食べていたら、隣に座っていた紳士に声を掛けられました。「みなさん、素敵ですね。何をなさっておられる方たちなのですか？」思わず3人で「はい、ただの主婦です」と答えたら、きょとんとした顔をしていました。褒められると、嬉しいわね。

こういう刺激的なことが起こるので、外出するのが好きなのです。ニュースで「今日は最高気温が39度に達しそうです！　とくに高齢者の方は熱中症に気をつけてください！」と呼びかけていても、私は出かける気分になったら出かけてしまう。じっとりと家に閉じこもっているより、おしゃれしてパーッと出かけたほうが健康的ですから。

若い頃から私のファッションは個性的と、お友達にも言われてきました。しか

緑のベストが目を引くコーディネート。パンツはイッセイ ミヤケ

し、そのことに関しても夫から何も言われたことはありません。色味は抑え気味でしたが、それは役人の妻だからというのではなく、当時はシックな色が好きだったからです。

カラフルな色は、若い頃より今の方がしっくりくるような気がしますね。私は惇子の紹介で10年ほど前から表参道の美容院へ通っているのですけれど、ずっと担当してくれている美容師さんもそう言います。だから、ショートヘアにしてもらっても、黒く染めるのではなく、オレンジ色にしてもらったの。そうすると、華やかな色が以前より似合うようになるのですよ。年寄りは地味にしていなくちゃいけないなんて、誰が言い出したのかしら？

服を買う場所はだいたい決まっています。行きつけのお店のほうが、店員さんが親切にしてくれますから。よく行くデパート内のイッセイ ミヤケの店員さんは、私の好みもよくわかっていて、「松原さんが好まれそうな服が入荷しましたので、是非、ご来店ください」と連絡をくれます。

私にとって決して安い買い物ではありませんけれど、イッセイの服には流行がありません。私は服を大事に扱いますので、一生モノとも言えます。年を取ったら物を整理するのも大切なことかもしれないけれど、捨てるばっかりではつまらない。

同世代の人の中には「老い先短いのに贅沢するのはちょっと……」と言う人もいます。そう思うのは自由だけれど、老い先短いからこそ今が大事というのが、私の気持ちです。

そんなふうに私はひとり暮らしを楽しんでいました。

「ご飯ができたわよ〜」はルール違反？

「お母さん、朝から大きな音で何をしているの？」

同居が始まってしばらく経った頃、惇子が言い出しました。

当初から私は生活リズムを変えようとは思っていませんでしたし、惇子にも変えてもらう必要はないと思っていました。そうしないとお互いストレスが溜まるでしょう。

6時に起床。寝室のドアを開けてリビングへ。カーテンを引いて雨戸を開け、空気を入れ替えて、朝食の準備にとりかかる。それは夫が亡くなる前から続けている、私の朝の習慣でした。

ところが惇子は「音が気になる」と言うのです。そんなことを言われても、無音で暮らすわけにはいかないわよね。

イヤーな空気にはなったけれど、喧嘩にまではなりませんでした。惇子の中で、自分から転がり込んできたのだからと自制する気持ちが働いていたのでしょう。喧嘩口調ではなかったし、ちょっと言いづらそうだったから、こちらもやんわりと受け止めることができたのです。

私のほうにも反省点はあります。互いに干渉しないと決めていたのに、食事くらいは一緒にしたいと思っていたからです。惇子も私の作るご飯は美味しいと言っていたし、1人分も2人分も作る手間は同じ。だから惇子の分も作って、食事時に「お2階さーん、ご飯作ったけど食べる?」と、声を掛けるようにしていたのです。

でも喜んでくれたのは最初のうちだけ。ある時、「お互いにひとり暮らしをしていると思って暮らしませんか? そのために2階にキッチンを作ったのだから」と言われました。

言われてみればその通りです。同居を持ちかけられて承諾すると、惇子は2階にキッチンを作りたいと言ったんですよ。「次の家が決まるまで、とりあえず同居させて」と言ってなかったかしら? と一瞬モヤモヤしたのだけれど、どうせ2階は使っていないのだし、自分でリフォーム代は払うと言う。私も自分のキッチンを共有するのは嫌だったので賛成しました。

とにかく「ご飯ができたわよ〜」は、確かにルール違反だったかもしれない。それ以降は「おすそ分け」として、作ったおかずを階段のところに置いておくことにしました。

でも「玄関にある私の靴を揃えるのはやめてほしい」と言われた時はビックリ。最初は何がダメなのかわからなくてね。ポカンとしていたら、惇子は「私はもう子供ではないのだから、自分のことは自分でするわ。知らない人に部屋を貸していると思ってほしい」と言われました。

前にも書きましたが、もともと玄関は整っていないと嫌な性分なのです。母の教えでもありますからね。だから本当は「私の生活が乱されている」と思いましたが、惇子の言い分もわかる。グッとこらえました。

その翌日から、私は私の好きなように暮らしますからと、態度で示すことにしました。

惇子が問題点を明確にしてくれたことでモヤモヤ感が消え、そこからは落ち着いた暮らしを取り戻すことができました。惇子の言うように、2階に住んでいるのは借家人だと思うことで気持ちが楽になったのです。

たまにお2階さんがお菓子を2つ買ってきて、1つおすそ分けしてくれることがあると、「ごちそうさま」と言って素直にいただく。お2階さんは私からのお料理のおすそ分けを「ありがとう」と告げて上へ持っていく。

ただ、同じ屋根の下にいてマイペースで暮らすというのは、やっぱりむずかしいですよ。

だって帰りが遅かったら心配するでしょう？　お風呂が冷めちゃうから早く入ればいいのにと気になるでしょう？　自分だけ3時のおやつを食べていたら悪いなと思うでしょう？

それはお節介じゃなく、人情というもの。ビシッと割り切るためには、心を鬼にする必要があるのだけれど、鬼になるのは嫌なんですよ。それは相手のためじゃなく、自分のため。

同居は思っていたより大変だったともいえるし、想像通りだったという気もするし、始めてみないとわからないことはあるのだなと思いました。

その頃の私は、ひとり暮らしに自信アリと大層強気だったのですけれど、ただ一つ、お風呂で死んでいたというのだけは避けたいと、ある種の恐怖を抱いていたのです。

ひとり暮らしである以上、孤独死は仕方がないとしても、お風呂で溺死したりすると、刑事さんとか救急隊の人とかに裸を見られちゃうわけでしょう？　そんなの絶対に嫌。その点、お風呂はお2階さんと共同で使っていたので、発見者は惇子になる。それが私にとっては、同居をしたことの唯一のメリットだったかもしれません。

娘の言い分

〝妖怪〟になっていた母

「ガタンガタン」

最初は何事かと思った。

母との同居は想像以上に大変だった。いや、想像していたけれど見ないふりをして火中に飛び込んだというべきかもしれないけれど。

なにしろ早朝からさまざまな音が聞こえてきて寝ていられない。音は上に上がるというから母にはわからないかもしれないけれど、2階のベッドで寝ていると、ドアを閉める音が頭に響くのなんのって。

「キキキキキー」。ああ、雨戸を開けているのかと思ったら、今度は「シャー、シャー」とカーテンを開ける音。

やっと静かになったなとウトウトしていると、今度は「ガチャガチャ」と騒がしい。いい匂いが漂ってくるので朝食を作っていることがわかる。ここからしばらく静かになるのは食事中の合図なのだと、私は寝ぼけた頭で想像を巡らせながら再び夢の中へ。

ところが、それも束の間、「ダンダン」という音が。今度は一体何なのよ！と1階に降りてみたら、母が廊下を何往復もしながら床のモップ掛けをしていた。はっきり言って、高齢者の出す音ではない。あれは体育会系男子が朝練のためのウォーミングアップをしている音ですよ。

廊下を歩くだけでも凄まじい足音で、これってつまり、それだけの筋力があるということよね。もうすぐ90歳になろうかという小柄な老女のどこに、こんな活力があるのかと信じがたかった。人が聞いたら「お母さんがお元気でなによりじゃないの」という話なのかもしれない。でも私には〝妖怪〟にしか思えなかった。そして考える。一体、いつから母は〝妖怪〟なったのだろう。

少なくとも父と暮らしていた頃の母は、こんなにパワフルではなかった。しとやかというほどではないけれど。第一、朝からあれほどまでにドタバタされたのでは、温厚な父もさすがに黙っていなかったはず。

そう思って母に尋ねてみると、「私はお父さんと暮らしていた時から、ずっとこうよ。同じリズムで暮らしているのよ」と涼しい顔で応えるではないか。

離れて暮らしているあいだに何かに取りつかれてしまったのか、それとも父が亡くなるまでかぶり続けていたうさぎの着ぐるみを脱ぎ捨てたのか……本気で考えた。でもあえて確認する気にはなれなかった。

嘘でしょう？　とわが目を疑った

それにしても、同居するまで本当の母の姿を知らなかったとは。43年間の空白は大きい。

大学を卒業して、結婚して、実家を離れてからというもの、母は元気でいてさえくれればいいと私は思っていたのだ。母のことだからきちんと暮らしているだろう。気丈に生きているだろう。そう安心していたということもあるが、家の中で何をしているのか、何を思っているのかなんて考えたこともなかった。はっきり言って私は忙しかった。自分のことで精いっぱいだったのだ。

その間も年に数回は会って食事したりはしたけれど、せいぜい2〜3時間でさようなら。「ああ、楽しかった、お母さんは相変わらずおしゃれで素敵だった、元気でよかった」と思っていた。

どこかで似た経験をしたような……と思って記憶を辿ってみたら、結婚だった。恋人同士でいる時はいいところしか見えなくて、理想的な人だわなんて思っているけれど、結婚生活が始まったら別人のようだというのはよくある話。「結婚したら彼は変わってしまった」と嘆く人がいると、私はいつも思う。「彼は変わっていない。彼との距離が近づきすぎただけよ」と。

それはともかく、母の正体は〝妖怪〟だったという確信は、日増しに深まっていった。たとえば1階のキッチンでひざまずき、小さな体で床下収納の重たい蓋を片手でヒョイと持ち上げるのを見た時。中をのぞき込むようにして右腕を入れて、5キロの米袋を人差し指にひっかけて引き上げるのを目撃した時。

あるいは、棚の一番高いところに収納した食器を取るのに、高さ50センチ、直径30センチほどの華奢《きゃしゃ》なスツールの上にパッと飛び乗ったのを見た時。そればかりか、スツールの上で背伸びしながら、曲芸師のごとく絶妙なバランスを保っているのを目の当たりにした時には、嘘でしょう？　とわが目を疑った。

あんなこと、あの年ではできっこない。

やっぱり母は普通じゃない。すごすぎる。

母の規則正しい生活に追い詰められ

どうやら母の体力は、規則正しい生活によって生み出されているらしいと、気づくのに時間はかからなかった。

6時に寝室から出てくる際には、すでに誰がいつ来てもよいように身なりを整えている。時折、めまいがするといって再びベッドに引き返すこともあるけれど1時間ほどで復活。私なら1日中ベッドの中でグダグダしているところだ。

80代のお母さんと同居していたという友人は、「母は1日の大半を寝て過ごしていたわ。あんまり静かなので死んだんじゃないかと思って、口に手を当てて確かめたことが何度もあったのよ」と言っていたけれど、うちの母には当てはまらなそうだ。

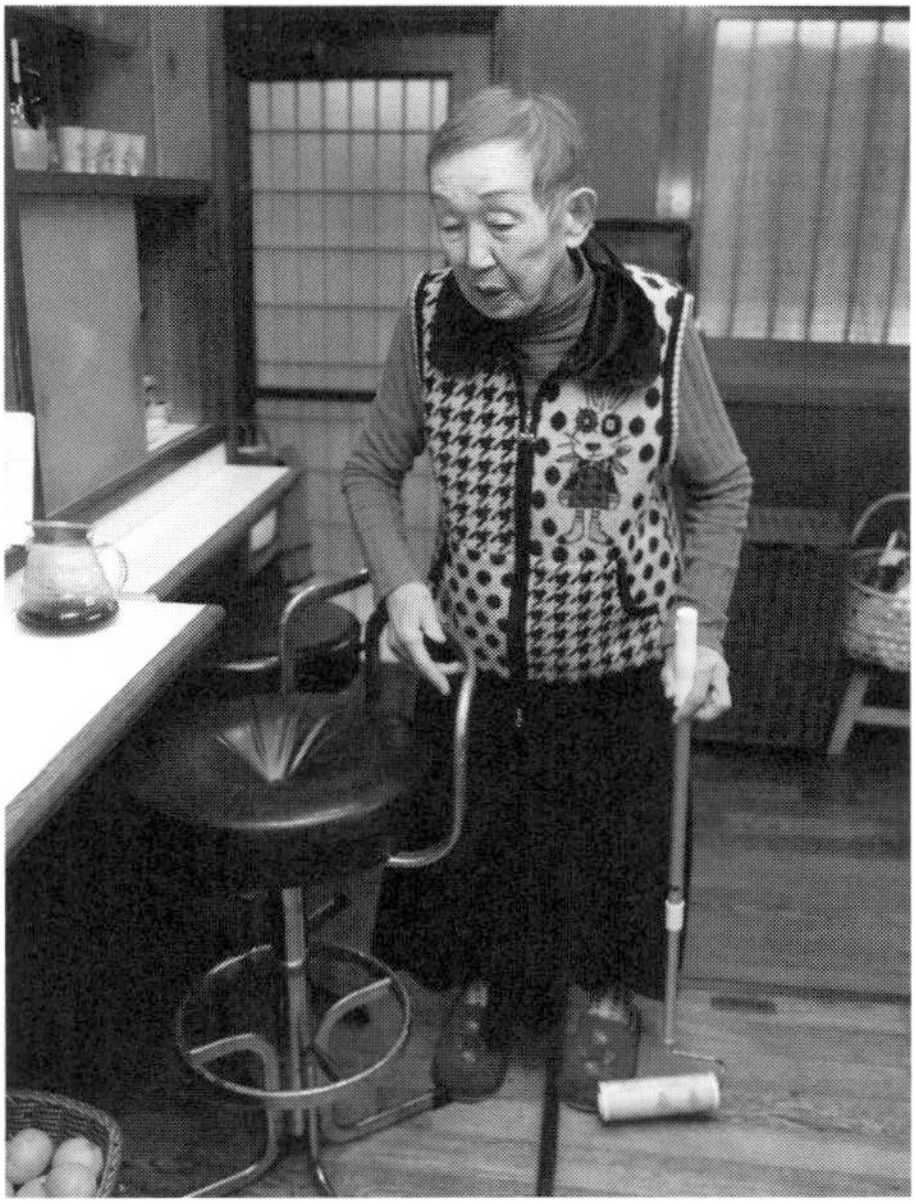
毎日のお掃除は、かね子さんのルーティン
（2018年12月29日付東京新聞）

朝になっても寝室から出てこない私のことを、母は「いつまで寝てる気なのかしら？」と心の中で思っているんじゃないかしら。その無言のプレッシャーが私を追い詰める。

きっちり7時からはじまる朝食は、バターをたっぷり塗った食パン1枚、卵料理、ソーセージかハムと野菜の炒め物、ヨーグルト、時々フルーツ、そして納豆が定番メニュー。朝からこんなに食べるのか！　と、傍《はた》で見ている私を尻目に、牛乳とコーヒーを交互に飲みながら、黙々と食べ続け、どんどん胃に収めていく。母おそるべし。

朝食の後はすぐさま食器を洗い、食器棚の定位置へ戻す。その後は緑茶とお菓子を持って、リビングのテレビの前へ移動。小さなスツールに背筋を伸ばして腰掛け、8時ちょっと前にリモコンを操作して、「NHK連続テレビ小説」を視聴。これがどうやら母の至福の時のようだ。

ドラマが終わると、すぐさまテレビを消して、サッと立ち上がり、納戸からモップを取り出して、床磨きを開始。

モップがけの後は、早くも2度目の緑茶&お菓子タイム。エネルギー源は甘い物なのか？　「私は茶道をたしなんでいるから、お茶と和菓子はセットだという頭があるの」と母は言う。

9時になると、リビングの電話が鳴り始める。お友達の誰かが、必ず電話をしてくるのだ。これが実に楽しそうで、「アハハハハハ！」という盛大な笑い声をあげながら、1時間ほど話し続けることも。

やっと終わったと思っていると、今度は母が他のお友達に電話をかけて、「○○さんから聞いたんだけどね」と伝言ゲームが展開される。午前中いっぱいを通話で使い切ることもあるけれど、大家さんが何をしようと2階の住人に口出しする権利はない。そう自分に言い聞かせて、グッと言葉を飲み込む。気にしなければいいと言うかもしれないが、同居とはこういうことなのだ。

お昼から夕方にかけて何をしているのかは、よくわからない。夕飯の買い物をして帰って来て、18時以降は夕食タイム。その後は食器を洗い、シンクを磨き、ガス台を綺麗に拭いて、使った布巾を洗って、干して……。そういえば、キッチン周りや、食卓、リビングのテーブルの上などに余計な物が置いてあるのを見たことがない。

風呂を沸かして、21時から入浴。肌のお手入れをして、22時には就寝。この生活が毎日、判で押したように繰り返されている。

お経をスラスラと諳んじる

もちろん母は頭のほうもしっかりとしている。お友達との長電話が功を奏しているのか、家事で手先を使っているからなのか、ひとり暮らしの緊張感がプラスに作用するのか……。

それにしても、すごい記憶力なのだ。母は起きてから朝食までのあいだに、仏壇のお世話をする。そうして驚くことにお経をスラスラと諳《そら》んじる。先祖供養に熱心だった祖母を見て、娘時代に覚えたのだとか。

こんなにスピードアップしたお経で、父のたましいは癒されるのだろうか？　そう疑問に思いつつ、よく覚えているな〜と感心してしまう。私にはとても暗唱できない。もしかしたらこちらのほうがボケるのが早いかもしれないと、焦燥感を覚えてしまうほどだ。

それだけに適当なことを言ってごまかすことはできない。

たとえば私は、我慢に我慢を重ねた末、「音が気になる」と母に伝えたのだが、この時に私はできるだけ申し訳なさそうに伝えようと、情に訴える作戦を企てていた。ところが母は言い返して私を刺激することもないかわりに、生活パターンを見直すこともない。いわば〝だんまり作戦〟で対抗してきた。

別のある日、出かけようと玄関へ行ったら、私の靴が揃えて並べてあって、そこから摩擦が生じたこともある。私は並べてある靴を見て、「自分のことは自分でやるわ」と言ってしまった。その瞬間、あ、シマッタと思った。母が良かれと思ってやったことだとは百も承知だったから。

でも、それ以来、母は私に干渉しなくなった。同居は共依存になるか、互いを空気だと思うのかのどちらかではないだろうか。

ストレスの原因は他にもある。価値観の違いだ。

実は私、娘時代から「父は母に甘いな」と思っていた。父は母の言うことをなんでも「いいよ、いいよ」と許す。祖父に甘やかされて育ったお嬢様だったこともあって、自分の思い通りになるのが普通みたいだ。まあ、私もわがままなので、人のことを言う資格はないが。

母は精神的にも経済的にも恵まれてきた人だ。私のように、今月の家賃をどうやって払おうか、スタッフの給料をどうやって捻出しようか、と悩んだことなど1度もない幸せな人生を歩んできた女性だ。

恵まれた専業主婦VS一匹狼のキャリアウーマン。互いに価値観が相容れないのは当然と言えば当然とも言える。

たとえば私ならスーパーで牛肉を選ぶのに、ワンパック1200円のものにしようか、やっぱりこっちの950円にしておこうかとしばし悩む。でも母は値段も見ずに極上霜降り肉をポンポン買い物かごに放り込む。すべては同居したからこそ知ったことである。

娘がそういう悩みを持つ一方、母は今日も気力全開。友達と銀座にお出かけだとハイテンションだった。おしゃれな母は私の自慢だったが、それだけではない気持ちもどこからか湧いてくる。

私はモヤモヤしたまま母を送り出した。その後もモヤモヤ感は膨らんでいくばかり。素敵な洋服を着て、華やかな帽子を被り、意気揚々と銀座を闊歩《かっぽ》する母の姿が目に浮かぶ。今頃は並木通りでウィンドウショッピングをしているのだろう。今頃はしゃれたカフェで嬉々として喋り続けているのだろう。そろそろ久兵衛で舌鼓を打っている頃か。それが母の元気の素だとわかっていながらも、考え出すと、遅々として仕事が捗《はかど》らない。

今日は随分とゆっくりしているなと思っていたら、「ガラガラガラ〜」と下から鉄の門扉が勢いよく開く音がした。

ああ、〝妖怪さま〟のお帰りだ！

かね子さんご自慢のレシピ ― 2

おいなりさん

かね子さんの薄味のおいなりさんは絶品。すし飯に混ぜこまれたいろんな具材が口の中でやさしく調和する。少し大きめなので、口を大きくあけてほおばりたい

材料（20個分）

油揚げ…10枚
にんじん（せん切り）…½本
ごぼう（せん切り）…½本
きくらげ…10枚程度
ごはん…3合分

A［油揚げ用］
しょうゆ…50㎖
砂糖…大さじ2.5
酒…大さじ4
水…1カップ

B［にんじん用］
水…小さじ4
塩…小さじ1

C［ごぼう用］
水…大さじ5
しょうゆ…大さじ1
砂糖…少々

D［きくらげ用］
水…大さじ3
しょうゆ…大さじ1
砂糖…小さじ1

じゃこ…適量
白ごま…少々
［すし酢］
酢…100㎖
砂糖…大さじ2
塩・はちみつ…各小さじ1

作り方

1 油揚げは熱湯をかけて油抜きをし、半分に切って袋状に開いておく。

2 鍋に**A**を入れて火にかけ、煮立ったら水気をしぼった油揚げを加え、弱火にして汁気が少なくなるまで、約10分煮る。味のついた油揚げは、軽くしぼって別皿にとっておく。

3 にんじんは**B**で煮、ごぼうは**C**で煮る。きくらげは水でもどし、**D**で煮る。

4 すし酢の調味料を混ぜ、炊きたてのご飯に加えて切るように混ぜて酢飯を作る。味つけしたにんじん、ごぼう、きくらげ、じゃこ、白ごまを加えて軽く混ぜる。

5 **4**の酢飯を軽く丸めて、**2**の油揚げに詰める。

仙台のお友達のお宅で。かね子さん80代の頃

第3章

スープの「冷める」距離がいい

母の言い分

大好きな自慢の娘だった

惇子のことがイヤになったわけではなかったけれど、離れて暮らしている時のほうが仲良しだったような気がします。

私にとって、大好きな自慢の娘でしたから。

いいところがいっぱいあるんですよ。とっても優しいの。別々に暮らしていた時には、「お母さん、美味しいお店を教えてもらったから一緒に行きましょう」と誘ってくれたり、電話で「どうしてる？」と心配してくれたりしてね。

一緒にヨーロッパ旅行をしたこともあります。夫が惇子の大学の卒業記念にと行かせてくれたのですけれど、事前にたくさん勉強をして、いろいろな名所へ連れて行ってくれました。

美味しい物もたくさん食べたし、美術館では素晴らしい絵画を堪能したんです。

惇子は「お母さん、楽しい？」「お母さん、美味しい？」と私の顔をのぞき込んで尋ねてくれました。私を喜ばせることが旅の目的の1つだと言って。

ショッピングも楽しかったです。特にイタリアのブティックには色合いの綺麗な洋服がたくさんあって、わぁ〜と嬉しくなりました。日本ではお目にかかったことがない素敵な色のセーターとか、大ぶりのアクセサリーを見て、これもほしい、あれも、それも、なんて興奮しちゃいましたよ。

私、本当は、ショッピングはひとりでするのが好きなのです。誰かといると流されて買ってしまうから。人が薦めてくれるものを「私は好みじゃない」とは言いづらいでしょう？　試着するのに、人が待っていると思うと落ち着かないですし。

でも惇子なら、言いたいことが言える。あちらも言いたいことを言うけれど、似合わない時は似合わないと言ってもらったほうがいい。

ヨーロッパ旅行の折にイタリアで買った帽子が気に入って、ずいぶん長く愛用していました。今もたぶんどこかにあるんじゃないかしら？　傷んでしまって、もう使わないと思ったけれど、捨てる気にはなれませんでした。思い出の品ですからね。

思い出の「コロッケママ」

本を出版したと初めて聞いた時はびっくりしました。本屋さんに自分の娘の書いた本が並ぶなんてワクワクして、売れていると聞いて嬉しかったです。雑誌にも大きく取り上げられて、周囲の人からも「すごいわね～」と言われたし、私も大したものだなと思っていました。

夫が突然亡くなって戸惑っていた頃には、私を元気づけようとして、いろいろと考えてくれました。長いあいだ、夫とふたり暮らしでしたからね。喪失感が尾を引くのではないかと心配してくれていたようです。

お料理教室を企画してくれたこともあるのですよ。先生は私、生徒さんは惇子が主宰していた私塾に通う若い女性たち数人。私の料理を習いたいと言ってくれて、月1回1年以上続いたかしら。

私の得意料理のコロッケにちなんで、料理教室の名前は「コロッケママ」。惇子がつけてくれました。しかも、「こういうのはカタチから始めなきゃ」と言って、「コロッケママ」というプレートを作って、お教室のある日は、玄関のドアにかけてくれるのです。80近くなって、先生をするなんてね。思いもよりませんでした。

コロッケやおいなりさんを一緒に作って、みんなで食べて。料理でいっぱいの食卓を囲みながら、若い人が「美味しい」といって食べてくれるのを見ているうちに、寂しい気持ちも吹き飛んでいました。惇子には感謝しています。

ただ、同居するようになって、暮らし方があまりに違うことに気づいたのです。お互いおひとりさまの生活が長いですからね。惇子も私との距離感に悩んでいるようでした。

でも、もともとうちは、個人主義な家族でした。これまで通りにすればいいんだと思って。だから惇子が何をしても気にしないと決めたのです。たしかに毎日、どこかへ出かけるようになったなあとは気づいていました。でも、そうすることにしたんだなと思うだけ。

どこへ行ったのか、いつ出かけて、いつ戻って来たのかなんて、同居するまで考えたこともなかったんですから。そのほうが楽でした。

娘の言い分

本当に家は買うべきなのか？

目黒のマンションで、水浸しになる玄関や、廊下の壁や天井に広がる水滴問題から逃れてたどり着いた実家は、私にとって一時避難場所だった。母と同居を始めた時点では次の家を買うつもりでいた。

実際に不動産屋へ行ったり、ネットで調べたりしながら情報を集めていたのだけれど、もう都会にこだわることはないと考え始めていた。コンクリートジャングルに刺激を求めていたのは過去の自分だと感じていたし、埼玉の実家に戻って自然の美しさ、空の広さ、澄んだ空気に癒される感覚を覚えたというのも大きかった。

母の介護のことも念頭に置き、これから暮らすのなら実家の近くがいいだろうと的を絞っていた。

ところが埼玉のマンションは、ファミリータイプの物件がほとんどだ。最早、3LDKの部屋は不要と思い、もう少し考えてみることにした。考えてみる？　猪突猛進を地で行く私が慎重になっていることに驚く。無意識のうちに年齢が心にブレーキをかけていた。

今にして思えば、「マンション漏水事件」は、走り続けることしか知らない私を見るに見かねた神様からの、「立ち止まって考えてごらんなさい」というメッセージだったような気がする。

そうして立ち止まって考えているうちに……。「女ひとりでも持ち家があれば老後は安泰だ」といったテーマで本を書いたり、講演をしたりしてきた私としては、ちょっと言いづらいのだけれど、実のところ「本当に家は買うべきなのか？」という疑問を抱くようになっていった。

大震災などに見舞われ、購入した家のローンと避難して移り住んだ先の家賃が重なるという悲劇が起きていると聞く。その点、賃貸住宅であれば、何らかのアクシデントが起きて収入が激減しても、その収入に見合った家賃の部屋へ引っ越せばいいだけだ。それにローンの利息や固定資産税を払いながら苦労して手に入れた物件も、私のような子供のいないシングル女性には残す人がいない。だから、買わない方向へと心が傾いていくのを感じた。

若い頃なら仕事のモチベーションを上げるために、あるいは今を楽しむために、多少のリスクを背負っても構わないと考えることができたけれど、高齢者となった私に無理は禁物だというささやきも聞こえてきた。

それに時代は変わった。来るべき時が来たらマンションを売って有料老人ホームに入ればいいと思っていた。だが人口が減り、持ち家が余ると言われている時代に、そんなに都合よく売れるのかしら？　売れなかったらどうなるの？　売れたとしても二束三文じゃ話にならないのでは？　次に大金を使うとしたら老人ホームの入居一時金じゃないのか。そう考え始め、マンションは買わない方に軍配が上がったのだ。

大金を投じたのだから

つまり持つべきものは家ではなく〝現金〟だと思い始めたわけだけれど、改めて通帳を眺めていたところ、貯金がかなり目減りしていることに気づいて私は激しく動揺した。

そうか、2階にキッチンを作るためのリフォームや、母の生活音に対抗する防音対策を施したりした。母から「リビングのエアコンが壊れた!」と言われて、居候《いそうろう》させてもらうのだからこれくらいはしなくちゃ、と思って買い替えた。そういえば、その後も「ガス台の調子が悪い!」というので、ガス台も新調してあげたんだった。

そうそう、大きな出費を忘れていた。60歳の時に運転はやめたのに、駅まで歩く不便さに負けて車を買った。赤い軽自動車は派手すぎるかなと思ったのだけれど、その色は私のテンションをあげてくれた。ガレージに停まっているのを見ただけで、パーッと憂さが晴れるような気がする。

母も嬉々として真っ赤な車に乗り込み、私の運転でお墓参りに行けるようになったのを喜んでいた。「やっぱり車があると便利だね」と満足げだった。同居のメリットを感じていたはずだったのに。

同居生活は未だに快適とはいえない。それどころか日増しにストレスが募っていくばかり。私は何のためにこの家に何百万円も使ったのだろう。でも誰のせいでもない。押しかけたのは自分なのだから。結局のところ、「私は何をしているのだろう」と自分を呪うしかなかった。

ところが人間というのは複雑というか、私の場合は愚かだったというべきか。「ここまで大金を投じたのだから、もう後には引けない」という心理が働いてしまった。

それに、出費や意地を度外視したとしても、どうしても実家を出ていくことのできない大きな要因があった。それは私の相棒、愛猫グレのことだ。

グレは私の〝連れ子〟だ。母も猫好きだけど、なぜかまったく懐かなかった。

惇子さんの愛猫グレ

「まったくうちは猫までキツイんだから」と廊下で母がつぶやくのを聞くたびに、「うちは全員、キツイのよ」と心中で言う私。

実家での暮らしにも慣れて、ベッドでうつらうつらしている年老いたグレを見ながら、「実家を出るのは今ではない」と私は自分に言い聞かせていた。

同じ頃、懇意にしていたお坊さんに「同居を続けるか、ひとり暮らしに戻るか」と葛藤を続ける胸のうちを聞いていただいたところ、「本来、人間にとってひとりというのは偏った生き方。お母さんと同居し、老いていく姿を見せてもらうのは人間的に成長するチャンスです」と言われたのも大きかった。

試練は何のためにあるのか

そうこうしているうちに、あっという間に月日は流れ、でも決して慣れることのないまま、２０１３年に始まった同居生活は3年目に突入。そのあいだに母は90歳の壁を軽やかに越えて、妖怪ぶり未だ衰えず、圧倒される。元気なのは素晴らしいことなのだけれど……。

目黒のマンションが水漏れに遭わなかったら、私はあのままひとり暮らしを満喫していたにちがいない。それなのに母と同居などという、もっとも自分らしくない生き方をしている。そう思うだけで焦りや苛立ちがゴーッと渦を巻いて頭に血が上り、更年期でもないのにホットフラッシュに見舞われた。

この世で一番苦手なことは？　と訊かれたら、私は「我慢」「忍耐」「妥協」と答える。それなのに、今は「我慢」「忍耐」「妥協」が三位一体《さんみいったい》となって襲い掛かってくる状況に対峙《たいじ》している。これは試練だ。同居生活は私にとって試練でしかないのだとハッキリと思った。でも試練は何のためにあるのか？　なんだこの禅問答のような心模様は、などと思いつつ、母との暮らしは続いていったのだ。

同居のつらさを救ってくれたのは仕事だった。同居3年目を迎えた16年から21年までのあいだ、私は年1冊のペースで書き下ろしの単行本を出し続けた。『老後ひとりぼっち』を皮切りに、『長生き地獄』『母の老い方観察記録』『孤独こそ最高の老後』『老後はひとりがいちばん』『ひとりで老いるということ』……。書いている間は書くことに夢中で、自分の感情と向き合う余裕などない。仕事は現実逃避するための翼を与えてくれた。

いずれにしても母は、「何を勝手なことを言っているの。ここは私の家だ」と思うだけだ。想像にすぎないのだけれど、想像できてしまうのは、私だったらこう言うだろうと思うからだ。これはなんとかしなければいけない。このままでは互いに傷つけあうだけだ。

考えた末に、私は運営している「NPO法人SSSネットワーク」の事務所へ通って仕事をすることにした。事務所は高田馬場にあるので、電車に乗って1時間の通勤だ。同居しつつ、自分の心を落ち着かせるためにはこれしかないと決意し、定期券を購入した。

午前中に事務所へ行って、おもむろにパソコンと向き合い夕方まで執筆。その後は編集者と食事をしながら打ち合わせをしたり、会合に参加したりと夜までみっちりと予定を詰め込み、母の寝る22時すぎに自宅に戻る。

70歳近くになって、サラリーマンのような生活をするとは思っていなかった。しかし、体は疲れても、心は軽やかだった。埼玉の実家は寝るだけの家だと割り切ることに成功したのだ。

母、オレオレ詐欺に引っかかる

ある日、出かけようと玄関に降りると、母がリビングから出て来て、「最近、光熱費が高くなった」と唐突に声をかけてきた。世間話をしたいのかなと受け止め、軽い気持ちで「値上がりしたみたいね」と伝えたのだけれど、母は「あなたが来てから光熱費が高くなった気がするわ」という。私のせいだというの？　ほとんど家にいないのに……。モヤモヤしながらも、会話は終了したが、この話には続きがある。

まさか、あのしっかり者の母がオレオレ詐欺に引っかかってしまうとは。信じられないことだった。

ある日、私は、母の様子がおかしいことに気づいた。しかめっ面をしながらソワソワと落ち着きがない。でも「何かあったの？」なんて尋ねることはしなかった。母も私には何も言わないし、「あの子は何してるのよ」とか弟に対して独り言を言っていたので、弟と喧嘩でもしたのかしら？　まあ私には関係ないと思っていた。

あとからわかったことは、オレオレ詐欺の受け子に銀行のキャッシュカードを渡したあと、弟にキャッシュカードの返却を要求する電話をしたもののつながらず、折り返し連絡がくるのを待っていたのだ。
ほどなくして弟からの電話があって、ゴニョゴニョ話していたのでよく聞き取れなかったのだけれど、母が「えーっ！」と声を上げていたのだけは、はっきりと聞こえた。でもそれっきり。大騒ぎするでもなく、何事もなかったようにいつもの母に戻ったので、しばらくして弟からことの顚末を聞いた私は驚愕して声も出なかった。

被害額150万円！

その時、私は思った。母親というのは、息子に弱いのだなと。その証拠に娘を名乗るオレオレ詐欺師はほとんどいないことからもわかる。いろいろな家があるから一概には言えないけれど、男の子は母親に優しい、我が家もご多分にもれず、弟は母に優しい。だから母にとって息子は永遠の恋人なのだ。

ああ、母と娘は、どこまでも平行線。ライバル同士なのか。そういえば、女友達がこう言っていた。食事から何からすべての世話をしていたにもかかわらず、90代の母親から突然「本当はあんたとは暮らしたくなかった」と言われたという。

騙し取られたお金のことなど忘れて、けろっとしている母を見る。私は、先日光熱費のことを気にしていた母を思い返し、理解できないと思った。

価値観が違いすぎる。もう限界だと、自分の部屋で頭を抱えていると、グレが私の傍らにきて「ニャーン」と鳴いた。

「そうだったね。あなたがいるうちはマミィは頑張るから心配しないでね」

実家を出ることに決めた理由

そんな矢先に、近くの公団住宅がリニューアル工事を終了して、装いも新たに貸し出されているという情報が飛び込んできた。

昔、見たことのある公団住宅は幽霊屋敷かというくらいボロボロだったが、見学に行ったところ、部屋の中はモダンで美しくリフォームされているではないか。

間取りは２ＤＫとちょっと狭いけれど、ひとりなら十分だ。なによりもベランダから見える景色が最高に気持ちよかった。遮るものの何もない広い空にたちまち心を奪われ、この部屋を借りることに決めた。2019年、私が72歳の時のことだった。

家賃8万円+駐車場代1万2000円は正直痛かったが、高田馬場まで通うことに疲れてもいた。そこで、ここを事務所代わりにして実家から通勤しようと考えた。

この時点で同居して6年が経っていた。新しく借りた部屋のベランダで美しい夕陽を眺めながら、私は「ああ、ひとりって、なんてすがすがしいのかしら」と感慨に浸っていた。

翌年は1月から新型コロナウイルスのニュースで持ち切りだった。横浜港に停泊するクルーズ船「ダイヤモンド・プリンセス号」で集団感染が起きたと報じられ、日増しに緊迫した空気が広がっていくなか、最愛のグレが天に召された。13歳だった。

3日3晩泣き暮らした後、私は実家を引き上げ、公団住宅に移った。

私が同居で学んだことは、いい母娘関係を保ちたければ、距離を縮めないということである。母が悪いわけではない。私が悪いのでもない。悪いのは距離。思えば、同居する前、我が家はお正月も個人主義だった。私と弟は12月31日に実家に顔を出し、年越しそばを食べた後、深夜0時頃に解散してそれぞれ自宅で就寝。次の日の午前中に再集合し、母お手製のお雑煮とおせちをいただく。なぜ大晦日に泊まらないのかというと、翌日早くから準備をする母の邪魔をしないためだ。

松原家秘伝のお雑煮は、あごだしで、鶏肉やみつば、里いもが入っている。お椀の底に大根をうすく切ったものを敷き、その上にお餅を載せる。それでお椀に餅がくっつくのを防ぐというのだからしゃれている。親も子も年を重ねるうちに、おせちの品数はだんだん減っていったが、丹波から取り寄せ、母が作る黒豆は、絶品だ。そして、お屠蘇《とそ》で乾杯し、毎年母の同じ言葉で新年が始まる。

「去年は誰も病気をしなくてよかった。今年も元気にがんばりましょう」

だしのにおいが充満する元旦は、ひとり暮らしの私が家庭の雰囲気を取り戻す瞬間だった。とはいえ、そのまま実家で過ごしたりはしない。食事が終わると、即座に別れを告げ、お互いの生活のペースを取り戻す。その距離感が心地よかったが、穏やかな父のいないお正月はやっぱり寂しい。

親子関係に限らず、友人関係や恋愛関係、結婚関係もそう。家族にも距離が大事だということだ。

相手のことは知りすぎないほうがいい関係でいられる気がする。

「スープの冷めない距離」という言葉があるが、親子の場合は、スープが冷めない距離ではなく、「スープが冷める距離」がおすすめだ。

引き留める気はサラサラない

惇子が公団住宅に移った時、「ああ、やっぱりな」と思いましたね。

どんなに腹が立っても、私から出て行ってくれというつもりはありませんでした。なぜでしょうね。私は気が長いのかもしれません。

出て行くという惇子を引き留めようともしませんでした。ただ、引っ越す先が近所だというから、よかったなと思ったのです。私も90歳を超えていたのでね。まだまだひとりで暮らしていけるとは思っていたけれど、何かあった時にすぐ来てくれる人がいたら、それだけで安心です。

惇子には言わなかったけれど、生活の中でちょっとできないことが増えてきたとは感じていたのです。

まさか自分がこんなに長く生きるとは思っていませんでした。子供に迷惑をかけることだけは嫌だったので、夫のようにピンピンコロリと逝けたらいいなと思うこともあったけれど、こればっかりはね。

頼りになるのは、年下の友人

ひとり暮らしに戻っても寂しくなんかありません。持つべきものは友達ですね。といっても、同年代の友達ではありません。この年になると、死んでしまう人も多くて。私の女学校時代の親友も83歳で亡くなってしまいました。毎年欠かさず行っていた同窓会も、ひとり減り、ふたり減り……。介護施設に入居する人、家族の手を借りないと移動できなくなってしまう人、そういう人ばかりになりました。自力で来られるのは私ともうひとりだけになった時、集まるのをやめたのです。

惇子が出て行った後、頼りにしたのは年下の友人たちです。趣味を通じて知り合った一回りほど年下の人が、誘ってくださるのです。お花見に行きましょうとか、ご飯を食べに行きましょうとか、歌舞伎を観に行きませんかとか、声を掛けてくださるのが、ありがたくてね。

また近所に住む年下の友人も、毎日のように私の顔を見に来てくれていました。作ったお惣菜を差し入れてくれることも。おかずを作る気力がない時もありましたので、正直、とても助かりました。

みんないい人ですよ。私にとって「いい人」というのは、余計な詮索《せんさく》をしない人のこと。お稽古に来る人の中には、「ご主人はどこにお勤めなの？」「お子さんはどこの学校に通っているの？」と、人の家のことを訊いて来る人もいたけれど、私はそういう人とはつきあいません。

ある時、「あなたはどこの学校を出たの？」と訊かれて、「めだかの学校です」と答えたこともありました。そうしたら、その方が目を白黒させてしまったので、周囲の人たちが大笑い。たぶん他の人にも訊いていたのね。

ですから長い間仲良くしている人たちであっても、余計なことを尋ねて来る人はいません。私も訊かない。どこの家だっていろいろあるものです。だからこそ、友達との時間が楽しいのでしょう。何もかも忘れて、美味しいものの話とか、温泉に行きたいわとか話す。娘時代みたいに夢がいっぱい。笑顔になれます。

もちろん悩みを打ち明けられたら相談に乗りますよ。だけど、下手なことを言っちゃダメ。「そうだったの、大変だったわね」「それは困ったわね」と言うだけでいいのです。

「親子ふたり暮らし」は初心者だった

私は人に相談したことはないけれど、報告ならあります。惇子から間借りを頼まれた時も、「今度、娘がうちの2階で住むことになってね」と話しました。友達は「それはそれは」と言うくらいで、それ以上のことは言いませんでした。

「娘がうちの近くに住まいを借りてね」と話した時も、「何かあったの？」なんて訊く人は誰もいません。上手くいっていたら別々に暮らすことにはならないだろうと思う人もいたかもしれないけれど、ひとりのほうが楽だものねと思った人もいるのではないでしょうか。

「松原さんはひとり暮らしのベテランだもの」と言っていた人がいました。それでいえば、親子ふたり暮らしは初心者でした。それに夫婦ふたり暮らしとは全然違います。頭ではわかっていたけれど、こんなに違うのかと思いました。

私たちの世代は特に、外で働く夫を妻が支えるのが円満の秘訣とされていました。ですから、そのことに疑問を持ったことはありません。でも、親子の場合、幼少期のように親が子供を支え続けるのは、幸せとは言えないでしょう。私はまだまだ自分のことは自分でできるのだから、惇子に支えてもらうというのも違う。お互いいい大人同士なのですから。

惇子みたいにしっかりしすぎると、ちょっと可愛げがないこともありますけどね。頑固なのはお互い様です。

実際、別居して楽になりましたよ。誰にも気兼ねせず、自分のペースで暮らせる。実の娘とはいえ、やっぱり私も相当気を使っていたのだな、とひとりになって実感しました。これは強がりでも何でもありません。それぞれにひとり暮らしが大正解だと今も思っています。

老人のひとり暮らしは、ちょっと用心が悪くて怖いというのは正直なところ。でも、夫が亡くなった時だって、だんだん慣れていったのだから。そう思って暮らしていたら、本当にすぐに慣れてしまいました。

やっぱりひとりのほうが、より「しっかりしなくちゃ！」と背筋が伸びますね。それが元気の素なのよと、と人にも話していました。ですから、特別なことは考えないで、それまで通りに暮らしていたのです。

でもそれがいけなかったのかしら？　80代だった頃みたいなわけにはいかない。90代の前半とも違うと、もっとよく考えなくちゃいけなかったのかしら？　そう考えることになる出来事が待ち受けていたのです。

笑い合えるのは、離れているからこそ？（2018年12月29日付東京新聞）

第4章

母にもついに「95歳の壁」が

〝親孝行〟とは何だろう

２０２０年の春に実家を出た時、私は73歳、母は95歳だった。

「95歳のお母さんをひとり残して家を出るなんて！」と非難する人がいるかもしれないが、何を言われても構わないと思っていた。人は自分の価値観でいろいろと勝手なことを言うものだ。その人が、困った時に助けてくれるわけではないのだし、無責任な人の意見に翻弄されるほどバカバカしいことはないと思う。

そう思う一方で、どうしても翻弄されてしまう。私にも「親孝行しなくちゃ後悔する」「親に感謝しないと罰があたる」「親との同居は自然の流れ」といった言葉に縛られて、自分を追い詰めていた時期があった。そうそう「お母さんが可哀想よ」というご意見もあった。

〝親孝行〟とは何だろう。

つねに一緒にいて、家事を手伝ったり、介護したりすることが親孝行なのだろうか。うちの母娘に限って言えば、少なくとも母はひとりでいたかったのだから、そうではない。いろいろな親がいて、いろいろな娘がいる。正解はないのではと思う。大事なのは自分の生き方を大切にすることだ。

確かに私は、自分が一番大切だという点では、冷たい人間かもしれない。でも母だってそうだし、誰もがみんなそうなのではないだろうか。自分を守れるのは自分だけ。自分のことを親身に考えることができるのも自分だけ。だって自分のことは自分しかわからないのだから。

それに、自身の心が満ち足りていなかったら、人に親切になんかできない。親孝行するにしても、心労を抱えていたら、「私はこんなに大変なのに、親の犠牲になっている」という被害妄想ばかりが先立って、「なのに相手は好き勝手なことを言う」という恨み節があふれ出すだろう。

介護関係の本を読んでいると「親御さんの心に寄り添って」と書いてある。はっきり言って綺麗事《きれいごと》だと思う。「あなたもそのようにやってるの？」と反発したくなる。簡単に言わないでほしい。

私たち人間は、母と娘という役割で生きているのではない。別々の人間、別々の価値観を持つ個人同士なのだ。また、親子だからといって、簡単に理解し合えるものでもない。だから、本当はお互いが「理解してもらわなくていい」という覚悟をもつべきだと思う。理解し合えるはず、理解してくれているはずだなんて期待するほうが間違っているのだ。

シェアハウスで暮らす夢はどこへ？

そんなわけで、私は後ろ髪を引かれることなく公団住宅で快適に暮らし始め、しばらくは平穏な日が続いた。人生というのは本当に何が起こるかわからないと思う。持ち家を推奨する『女が家を買うとき』を書いた私が、70代になった今、賃貸に暮らしているなんて。自分でもびっくりだ。

私の場合は、65歳になって初めて現実的な問題として住まいに向き合ったと言える。若い頃は、いくら将来を見据えているつもりでも、フワフワしていたのだと振り返る。

50代の頃おひとり様同士で集《つど》うと「年を取ったら、みんなでお金を出し合ってシェアハウスをつくって、一緒に暮らしましょうよ」なんて話に花が咲いた。「みんなで暮らす」、ああ、なんて夢のある想像だろうか。あの時は、現実的なビジョンとして捉えていたつもりだったのだけれど、実際に暮らし始めたら「あの人はイヤだ」と逃げだしたに違いない。

シェアハウスで暮らす夢は、孤独が怖い、老後が不安だという点で結ばれた人たちとの「傷のなめ合い」に過ぎなかったのだと今になると思う。

それにしても、現実的に住まいと向き合った私が選んだのが、実家のそばの公団住宅とは……。ひとり暮らしに戻れてホッとはしたが、まだこの時点では「一生」という覚悟はなかった。

つまりは、人生の計画なんて空想の世界なのだ。老いを考慮して夢を描くのはむずかしい。若いつもりでいる私にも老いは確実にしのびよる。水面下でじわじわ進行し、ある日、突然手のこわばりに現れたり、足の指に力が入らなくなったりする。

そうして手がこわばるとネックレスの留め金を操れない。足の指に力が入らないとフラつく。老いるというのはこういうことか、と最近気づかされることが多くなった。目に見える顔のシワやシミが気になっていた頃は、老いについて何もわかっていなかったのだと思う。

そのうち読もうと思って買っておいた大量の本、目が疲れて読めません。奮発して揃えた高級食器の数々、人が来なくなったので無用の長物です。いつか身につけようと夢見て集めた膨大な量のアクセサリー、人と会う機会が減ったので、引き出しの中で眠っています……。

そこで私はすべて手放すことにした。もともと目黒のマンションから実家に移り住んだ時、ゴミとして業者に引き取ってもらった荷物は4トントラック1台分。ずいぶんと荷物をコンパクトにしたつもりだったが、これからの暮らしは、さらにシンプルに、身軽に。終活も兼ねてさらなる断捨離に踏み切ったのだ。

目黒時代から使っていたお気に入りの中国のうるし塗りの家具だけは、手放すのが忍びなくて実家の2階に置きっぱなしにしたままなのだけれど、やがて実家を解体する時がきたら処分するつもりだ。

壁面に飾ろうと収集した絵画もあったけど邪魔だ。ベランダからは富士山が見える。朝日に輝く富士山も、夕陽の中でシルエットになる富士山も素晴らしい。夏は青空が広がり、秋は満天の星空にうっとり。年を取ると自然との相性がよくなるようだ。

いまリビングにあるのは、ダイニングセットと小さな棚だけ。どちらも若者向けのチープなものだけれど、シンプルな暮らしにマッチしているので、気に入っている。台所用品も小さな鉄製のフライパンと深めの鍋だけにした。心もとないかなと思っていたのだけれど、これで十分なのだと知った。

シンプルな暮らしはなんて清々しいのだろう。私はすべての執着から解放された自分を祝福していた。これが私の求めていた幸せだったのか。執着から離れて、ひとり静かに暮らす日々を私は夢見ていたのかと。

人はみな、知らず知らずのうちに自分にふさわしい最良の人生を歩むという。「自分にふさわしい」というところがミソなのだ。とはいえあの世に何も持っていけないというのは万人に共通している。必死に貯めたお金も、どんなに立派な家も、高級な家具も、自慢の車も、バッグも時計もアクセサリーも置き去りにして、人はあの世へと旅立っていく。

老いていく自分をしっかりと受け入れ、今のうちに考えておかなければならないことはたくさんある。試練の末に得た教訓に感謝している自分がいた。

一方、母はといえば、変わらぬ暮らしを続けているようだった。喧嘩別れしたわけではないので、時折電話をしたり、お菓子を持って訪ねたり。そんな時、私は自分が母に対する優しさを取り戻していることに気づいて、心が満たされるのを感じていた。

こちらが穏やかな気持ちで接すれば、あちらも穏やかな気持ちを返してくれる。離れて暮らせば、母が元気でいることを心から喜ぶことができる。そう、母娘間の問題は、すべて距離によって解決したのだった。
そんな穏やかな日常が1年ほど続いた。

夜間に受けたSOS

ところが、2021年6月のある日、母から「背中が痛い」という電話がかかってきた。背中の痛みは老人性のもので、内臓には関係ないのではないかと、最初は軽視していた。ところが痛みを訴える電話が頻繁にかかってくるようになり、ついに夜間にSOSの連絡を受けた。

急いで病院へ連れて行き、検査した結果、肝臓の脇にこぶし大の良性腫瘍があり、背中を圧迫していることが判明。腎臓の数値も非常に悪いと医師から告げられた。その日は入院し、翌日、詳しい説明をしてくれるということで主治医に面会。高齢でもあり、体にメスを入れるような治療は、本人も家族も望んでいないことを伝えると、自宅に戻っていいと言われた。

ついに来たか。「95歳の壁」という言葉がグルグルと回っていた。

少し前まですこぶる元気だった人も、一度ガクンとくるとあっという間だ、というのが定説だ。弟と「葬式の準備をしなければ」と覚悟を決める。

訪問診療の体制を整えるのが先決だということで、翌日から行動開始。まず、ケアマネジャーや地域包括支援センターに相談して、自宅で暮らしやすいように手すりをつけてもらった。

「お母さん、ひとりで暮らせる？」と尋ねると、母は「大丈夫よ」と穏やかに答えたのだけれど、ヘルパーさんに来てもらおうと提案した時には、「知らない人が家に入るのは嫌！」と、感情的に訴えてきた。私は「うーん」と考え込み、母はションボリとしたまま、どんよりとした時間が流れていく。

助け舟を出してくれたのはご近所さん。「あら、思ったより元気そう」「松原さんならすぐに元の暮らしに戻れるわよ」と励まし、「また、美味しいランチを食べに行きましょう」と元気づけてくれたことで、母は笑顔を取り戻した。

ゆっくりとしたペースでなら家の中を歩くことができたし、ガラガラ（ショッピングカート）を杖替わりに外出もできるようになった。

「ステッキにすれば？　今は素敵なものがたくさんあるから」とアドバイスしたのは、ガラガラに一抹の不安を抱いていたから。ガラガラはコロコロした小さなタイヤがついていて、杖替わりにするものではない。それでもおしゃれな母は「杖なんてかっこ悪い」と頑として聞き入れなかった。母は「ゆっくりなら歩ける。時間はたくさんあるんだから」と言う。私は初めて後ろ髪を引かれながら帰るという経験をしたのだった。

ところがしばらくすると、決まって日が暮れた頃に「具合が悪いのよ」「めまいがするんだけど……」と暗い声で電話がかかってくるようになり、そのたびに私は実家に駆けつける。

ふさぎ込んでいるわけでも、寝込んでいるわけでもなかったところから察するに、母は不安だったのかもしれない。

しかし、たまに顔を出す実家は相変わらず掃除がゆきとどいていたし、冷蔵庫の中は食材でいっぱい。母が宣言していた通り、きちんと暮らしていることが見て取れた。

訪問診療という新しい習慣が増えただけで、それ以外は、ほぼ完璧にひとり暮らしを続行している母は立派だと感嘆した。だけど、あれは「95歳の壁」のとば口に過ぎなかったのだと、今になって思う。

予期せぬ骨折と、母の涙と

猛暑の夏が過ぎ、秋の気配に包まれた10月半ば過ぎのこと。私のところにご近所さんから電話があった。母がその方の家のインターホンを鳴らそうと、ガラガラに力をかけたところ、動き始めたガラガラが低い段差を越えて大幅に前へ移動し、それに伴って転倒。そのまま立てずにいるという。

「だからステッキにしろと言ったじゃない！」

と心の中で叫びながら、私はすぐさま駆けつけ、ご近所さんと一緒に母を起こそうとしたのだけれど、上手くいかない。痩せた母ひとり動かせない自分の衰えにも愕然とする。

ドテンと倒れたきり、痛みで体に力が入らないという母は思いのほか重かった。「痛い、痛い」というので無茶なこともできない。そこで訪問医に電話をして、指示に従って救急車で病院へ搬送することになった。

恥骨骨折に加えて、骨盤の複雑骨折という診断。重症のため、まずは2週間の安静。状態が安定したら、リハビリを開始するらしい。説明を聞きながら長期戦になることを覚悟した。

最初の1ヵ月はベッドに固定された状態だという。コロナ禍のため、病室に見舞いにも行けず、どう過ごしているのか気が気ではなかった。

そこからリハビリに突入。でも私は弟と「もう歩けないままかもね……」と話していた。1ヵ月寝たきりだった95歳の人間が、再び歩けるようになるなんて、想像もつかない。

しかし、母はやっぱり〝妖怪〟だった。リハビリを始めて2ヵ月後には、歩行器なしで10メートルも歩けるようになっていたのだ。

その後も順調に回復へと向かったものの、主治医から「この先ひとり暮らしは無理です」と通告されてしまった。すぐにソーシャルワーカーに相談すると、高齢者向け施設を探すことを勧められた。

私は言葉を失った。母は自宅へ戻りたい一心でリハビリに励んでいることが手に取るようにわかっていたからだ。なんとか手立てはないものか、と考えても知識がないので見当もつかない。

そこで介護に詳しい友人に助けを求めた。看護大学の先生である彼女曰く、「老老介護は絶対に勧めない。70代のあなたが90代のお母さんの介護などしたら、共倒れになること間違いなし」だと。では一体どうすればいいのか？

ナースから、夜、母が落ち込んで泣いていると聞いた。あの気丈な人が泣くなんて！　何とかしなければ可哀想だと私は焦燥感に駆られ、施設見学を始めることにした。退院後自宅で暮らすにしても、今から施設の実態を把握しておく必要があるだろう。

専門書を読みまくって道を探った結果、母のための介護チームを作れば、自宅で老老介護になっても共倒れを回避できるのではないだろうかという構想に至る。私が司令塔になって、介護士やヘルパーのスケジュール管理をして介護生活を運営するのだ。

ところが現実はそんなに甘くはなさそうだ。インターネットで介護の実態を検索すると、「介護チームは作ったものの、指示出しに疲れた」といった家族の声が数多く紹介されていた。たとえばヘルパーのすべての行動には、司令塔の人の指示が必要らしい。冷蔵庫を開けて「ヨーグルト使っていいですか?」などといった細かいことまで訊いてくるのだとか。「冷蔵庫にあるもの、何でも使ってください」という大雑把な指示ではダメらしい。

「外出先にも、ヘルパーさんからいちいち電話がかかってくるので仕事にならない」「自宅での介護は地獄でしかない」といった声もある。絶望の淵に立たされた私は、血圧が上がり、悶々として過ごす日々が続いた。

こうして2021年は暮れて行き、母は96歳のお正月を病院で迎えることになった。そして元日の早朝4時半。母がトイレで転んだとナースから電話が入る。この繰り返しなのかと思った途端にめまいがしてきた。血圧を図ると180。これでは共倒れどころか私のほうが先に精神的にまいってしまうかもしれない……。

母、3ヵ月半ぶりの帰宅

とはいえ私が倒れている場合ではない。再び施設の見学をはじめる。施設の人は親切で好感触を持ったものの、足が悪いだけで認知機能には問題のない母の入るところではないと思い、私は是が非でも母に自宅へ戻ってもらおうと決めた。第一、母がそれを望んでいるのだから。

1月の半ばに、退院前のカンファレンスが行われた。ケアマネジャーと訪問診療の医師、ソーシャルワーカー、娘の私がオンライン会議で集い、そこで退院後の在宅リハビリを週2回にするとか、訪問診療の医師の予定日が変わりましたとか、一方的な説明を聞かされる。その間、私は何かが違うと感じていた。何か大事なことが抜け落ちているぞ、と。

抜け落ちているのは母の意見。それを訊かずして事を進めようとするなんてあり得ない。そこで私は、「これは一体、誰のための会議なんですか？」と切り出した。母自身が必要だと思えばリハビリの回数を増やせばいいではないか。みんな黙って聞いている。

司令塔は私ではなく、母なのだ。この席に母がいないのはおかしい。母が「ヘルパーを頼みたい」と言うなら、ヘルパーをつければいい。母の希望を叶えることができない時には「それは無理です」と言えばいい。そうでなければ、母の介護生活は回らない。よその母のことは知らないが、なにしろうちの母はなんだって自分で決めたい人なのだから。

こうして本人の希望通りに、母は2月3日の退院の日を迎え、3ヵ月半ぶりに自宅へ戻ることになった。

　ニコニコ笑顔ではあったけれど、もともと小柄な母はさらに小さくなり、骨と皮だけに見えた。足取りも弱々しく、やはりもとの生活に戻るのは無理かも……と不安がよぎる。でも母は「トイレにはひとりで行ける」「料理も自分でできる」とどこまでも気丈なのだ。

「今日は泊まろうか？」と言おうか言うまいか躊躇していたら、弟が「心配だから、1週間くらい寝泊まりするよ」と言い出してくれたのは助かった。今夜はゆっくり眠れそうだと、私は久しぶりの解放感に浸りながら自分の家へ戻った。

　翌日から、ご近所さんが次々に会いに来てくれて、一気に日常を取り戻した母は、その後、もとのひとり暮らしに戻ることができた。医師から施設を勧められ、高血圧で倒れそうになるほど悩み続けた私の日々は何だったのか？　と思うほどの見事なV字回復劇だった。

母の言い分

痛み止めでぼんやりと

背中が痛くなった時のことは、あんまり覚えていません。だって、あれはずいぶんと前のことですよ。整体には通っていたんです。だけど、そういう痛さじゃなくて、お風呂に入っても治らなかったから、惇子に打ち明けたのだと思います。そうしたら病院へ行こうということになった。そして主治医の先生に肝臓の横に腫瘍ができていると言われたのです。それがギューッと背中の神経を押しているのがよくないらしい。でも悪性ではないということでしたし、原因がはっきりしたのでスッキリしました。あとは治せばいいだけだから。

え、入院なんてしたかしら？　病院の先生が出してくださった痛み止めを飲んだらなんでもなくなって、普通に暮らしていたような気がするのだけれど。

でも、その痛み止めのせいでぼんやりとしていたようです。あとで惇子が「あの時は、ついにボケたかと思ったわ」とか言っていました。家でバナナをくわえてボーッと立っていたとかなんとか。漫画みたいで、嫌になっちゃうわ。

離れて暮らすようになってから、惇子とはまた良い関係に戻りました。だから出て行ってくれてよかった。あのまま一緒に暮らしていたら、背中が痛いなんて打ち明けなかったかもしれません。

背中が痛くてもなんでも、ひとりで暮らすつもりでしたよ。心配をかける気はなかったけれど、「痛い、痛い」と誰かに言うと、少し楽になる。だからって他人には言いたくない。聞いた人だって困るじゃない？　私だったら困ってしまいます。だから申し訳ないけれど、惇子がちょうどよかったんです。

「95歳の壁」ですか？　そんな壁があるの？　そんなものは作らない方がいいですよ。身構えてしまうでしょう。それに、95歳にもいろいろな人がいますから。

私は、あまり年齢のことを気にしていません。若い友達が私を人に紹介する時、「松原さんは90代なのよ〜」と言う。そうすると「えーっ！」と、みんなびっくりする。それが面白くて、「100歳なのよ〜」と紹介されたら、もっとみんなが驚くのじゃないかと想像して、早くそうなりたいと思うことならありますけれど。

リハビリは苦しかったけれど

でも骨折した時はショックでした。あっという間の出来事で、どうして転んだのかよくわかりません。とにかく痛い。もう息もできないぐらい。それまで味わったことがない痛さだったのです。

あの時は救急車で運ばれて入院しました。ずいぶん長い間病院にいたような気がします。動いてはいけないと言われて、ベッドに張りつけられていました。つらかったのは、コロナで面会ができなくて、惇子にも息子にも会えなかったこと。話す相手がいないのはこたえます。

なにしろ1日が長いのです。家にいたらあっという間に過ぎてしまうのに。病院で横になっていると、家の植木のことが気になってくる。掃除は毎日しないとダメなのよねとか、冷蔵庫の中のものはどうなっているかなとか、そんなことばかり考えていました。

もちろん早く家に帰りたかった。だからリハビリのお許しが出たら絶対に頑張らなくちゃと張り切っていました。リハビリの先生は「松原さん、あんまり無理しないでくださいね」とおっしゃっていたけれど、無理しないわけにはいきません。頑張るってそういうことでしょう?

惇子をはじめ周囲の人は車いす生活になると思っていたかもしれませんね。たしかに、脚は爪楊枝のようにガリガリになってしまっていて、最初はまったく歩けませんでした。筋肉は本当に大事。でも、私は諦めなかった。若い頃、水泳をしていた時に、どんどん筋肉がついていったのを思い出したのです。若い頃と今は違うけれど、そんなことは気にせず、リハビリに取り組みました。

リハビリは苦しかった。とにかくひとりでトイレに行けるようになれば大丈夫という頭がありました。だって、それが生活の基本だと思いますから。ひとりでトイレに行ければなんだってできます。

食欲はありました。もともと食いしん坊な私です。病院のご飯は美味しくなかったけれど、文句は言えません。

そのうち、惇子がトンカツのお弁当や、私の大好きな牛肉の料理を届けてくれるようになりました。コロナ禍で頼めないと思い込んでいたので、感激してペロッと食べてしまいました。元気になったのは惇子の差し入れのおかげです。

歩けるようになったら家に帰れる。自分で作ったご飯を食べたい、美味しいものを食べに行きたい。そんなことを考えていたからリハビリも頑張れたのだと思います。食いしん坊な自分に救われました。

リハビリの先生によると、お年寄りは「すぐに諦めてしまう人」と「どこまでも頑張る人」のふたつにきっぱり分かれるそうです。私、諦めちゃう人がいるなんて信じられなかった。そして先生に、「頑張る人の方が少ないのに、松原さんは凄いですね」と言われたら、ますますやる気になりました。おだてに弱いのね、きっと。

お鍋って、こんなに重たかった？

退院して家に戻ったら惇子が「ヘルパーさんを頼む？」と訊いてきました。前にも訊かれたことがあったけれど、そんな人が来たら、自分でできることもしなくなってしまう。すぐには無理でも、自分のペースで少しずつできることを増やしていくつもりだったのに、何を言うかとカチンときました。もちろん即お断り。

とくに知らない人がキッチンに入るなんて絶対に嫌だった。何をするのにしても、人によってやり方が違うでしょう？　惇子になら「自分でやるから放っておいて」と言えるし、ある程度私のやり方を理解してくれているけれど、ヘルパーさんには言えません。きっと気を遣って、かえって疲れてしまうでしょう。

だけど……入院する前までは普通にできていたことが、ずいぶんできなくなっているのに気づきました。誰にも言わなかったけれど、特に力仕事が顕著でした。洗濯物を洗濯機から外の物干し台まで運ぶこと、お風呂洗いなんかも大変。だからお風呂に入らなくてもいいやと思う日があるほどです。それは今までにはなかった自分の変化でした。

お鍋だって、こんなに重たかったかしら？

料理が大好きな私が、なんだか作るのがおっくうになるのです。スーパーで売っている出来合いのものなんてと思っていたのに、お惣菜を生まれて初めて買いましたよ。背に腹は代えられなかったのです。こういう便利なものがあるのなら、無理することもないとも思いました。

あたりまえのことですけれど、90歳を超えて生きるのは初めてですし、周りに参考になる人もいないから戸惑うことも多かったのですよ。

だからといってひとり暮らしに限界があるなんて、考えてもいませんでした。とにかく自分の家で死ぬまで暮らしたいと思っていたのです。

娘の言い分

ベッドから落ち、再び入院

3月のある日、母が「頭をぶつけて具合が悪い」と電話をしてきた。

急いで飛んでいくと、顔には青あざができていたので、「病院へ行く?」と訊けば、「大丈夫」だと。「ヘルパーさん頼む?」と訊いても「平気だから、頼まないで」ときっぱり。

とはいえ、この日を境に、朝夕を問わずに母から頻繁に電話がかかってくるようになる。

実家に行った際、キッチンで見慣れないものを見つけた。スーパーで売っているお寿司の空き容器。冷蔵庫を開けてみても、食材がほとんど入っていない。もしかして母は料理を作っていないのでは。あの料理好きの母が……。思わぬ事態に戸惑う自分がいる。

よく見ると、家の中も少し薄汚れて見えた。「お母さん、お風呂に入れている？」と尋ねれば、「入っているから大丈夫」との答え。でも、お風呂場が使われている形跡がなかったから、それは嘘だと思った。お風呂だけでも、訪問入浴介護にお願いすることを考えたが、他人に裸を見られるのを極端に嫌がる母に勧めたところで、断られるだけだろう。

もしかしたら、母はひとり暮らしの限界を迎えているのかもしれない……。

そうして、忘れもしない4月23日の朝、悲痛な声で「足が腫《は》れていて痛い」とSOSの電話がかかって来た。「またか！」と血圧がグンと上がるのを感じたけれど、とにかく行かなくてはと着替える間もなく向かう。

母は、ベッドから起きあがる際に床に落ちたという。見れば太ももが異常に腫れている。状況説明はしどろもどろ。なんとか這ってリビングまで来て、私に電話したところで力尽きたのか、電話器の前の床に座ったまま動けずにいた。

弟も駆けつけ、訪問医に電話。そして再び入院することになる。検査の結果、骨に異常はなかったが、血液検査などの数値が悪化していると診断された。

治療に際して何十枚もの書類にサインを求められ、ここは気を落ち着かせるところだと自分に言い聞かせながら、じっくりと同意書の内容を確認する。すると、「拘束する場合もあるが、許諾するか否か」という項目が目に留まり、「そんなのいいわけないじゃない」と筆圧を強めて「×」をつけた。ところが提出した書類を確認したナースから、「容体が急変した場合には拘束する事態もあることを考慮してほしい」とくぎを刺された。

患者の家族はこうしてサインをしてしまうのね。

以前にも相談したことのある介護に詳しい友人に一連の流れを伝えたら、彼女に「お母さんは今度こそ、自宅には戻れないと覚悟した方がいい。その数値なら施設でも断られるかもしれない」と脅かされた。

それでも、私は心の底で「また奇跡が起こる。母は普通の人ではないのよ。不死鳥のように何度でも蘇る。今度だって必ず」と思っていた。

ところが5月に入っても、母は病院のベッドの中でうつらうつら。医師からせん妄、つまり意識障害が出たと告げられた。母はこれまでとは明らかに違う、深刻な状況に突入していた。もうまともに話すこともできないかもしれない。再び医師から施設を探すことを強く勧められ、この時は返す言葉が見つからなかった。

さらにソーシャルワーカーから、今回はリハビリ病棟ではなく、急性期病棟に入院しているので、長くは入院していられないと言われた。退院後にどうするかを早急に決める必要があると告げられ、私は決意した。

施設を探すしかない、と。

母をとるか、自分をとるか

それから数日後、介護認定のために病院へ行くと、なんと、なんと、母が歩行器で打ち合わせ室に姿を現したではないか。

これって幻《まぼろし》？

私が狐につままれたような顔をしていたのだろう。母は少し照れたように「また元気になっちゃった」と言って笑った。

うつらうつらしている、せん妄が出たなどと聞いて、もうまともな会話を交わすこともむずかしいだろうと思っていた母が喋っている！　しかもソーシャルワーカーの質問にもてきぱきと答えている！　この人は本当に不死身の妖怪なのかもしれない。

でも喜びも束の間、ソーシャルワーカーと母とのやりとりを聞いているうちに、私の心は曇り空へと変わってしまった。

というのも、母は「うちに帰ったらね」「ちょっと部屋が広いもんですからね」と、自宅へ帰ることを前提に話していたのだ。リハビリも頑張るつもりだという。やはり帰りたいのだな、と思った。

意識障害があると聞いた段階で、私は施設に入ってもらう方向へ傾いていた。実際に見学にも行って、ここならばと思う場所も見つけていた。だが、元気になった母を入所させるのは、あまりにも酷だ。第一、納得してくれるはずがない。

母は以前から、「施設に入る」ことに強い拒否感があった。折に触れて「私は絶対に入らない」と断言していた。あの世代の人の施設への偏見はすさまじい。それに母は、自分の家で死にたいという意思が人一倍強い。

とはいえひとり暮らしは現実的に無理だ。再び同居する？　それではこちらが先にまいってしまう。

母をとるか、自分をとるか。どうしたものか、どうしたらいいのだろう、どうすれば……。

「もう家に帰れないの？」

ずいぶん悩んだが、結局答えは一つしかなかった。母に状況を説明して、施設で暮らすことを納得してもらうしかないのだ。

自宅に戻れるものと信じている母に、どう伝えたらいいのか――。私も辛かった。できれば「さぁ、家に帰りましょう！」と声をかけたかった。でも何にでも終わりの瞬間はある。母自身のためにも、そのことをいつかは理解してもらわなければいけなかった。

そこで私は心を鬼にして、けれど口調は極めておだやかにこう母に伝えた。

「お母さん、もうひとり暮らしは無理だと思うよ。お母さんは施設に嫌なイメージを持っているかもしれないけれど、それは昔の話。今は種類も増えて、いいところがたくさんあるのよ。私がお母さんにピッタリのいい施設を見つけるから。お父さんの残してくれた財産を自分のために使ったらどうですか」

母はハッとした顔をして、すがるような目で私の顔を見て言った。

「わたし、もう家に帰れないの？」

私が「うん」と頷くと、両手で顔を覆って泣き崩れた。

そうだよね、受け入れられないよね。大好きな家だもの。大好きなお父さんとの思い出がいっぱい詰まった家だもの。お母さんの自慢の城だもの。

切なくて胸が張り裂けそうになった。しばらく説得を続けなければいけないだろうと思って、口火を切ろうとしたその時。母は思い切ったように顔を上げ、しっかりとした口調でこう言ったのだ。

「わかった。惇子に任せた！」

その間、わずか1分。母の心の中で何が起きたのか、私には知る由《よし》もなかった。

母の言い分

私のことを一番よく知っている人

また転んで入院したことは本当に悔しかったです。何度も同じことを繰り返すなんて馬鹿じゃないのと思った。せっかく家に帰れたのに……。

そして、さすがに観念しました。子供たちの世話になるしかない。頑張ったら迷惑をかけてしまうなんてこと、それまで考えていませんでした。

それによくよく考えてみたら、とっくの昔に迷惑をかけていたのです。惇子は具合が悪いと連絡するたびに飛んできてくれました。仕事が忙しいだろうに文句も言わず。どんなにありがたかったか。

なぜか私が弱ったら、惇子が優しくなったんです。だったら、私も可愛げのない老人のままじゃダメ。結局、世話になるのなら、もっと甘えてしまったらよかったのね。それでいいんだと思った。そうしたら、すごく楽になって。

入院中にいろいろと考えました。ただ、2度目に倒れた時も、絶対に歩けるようになりたいと思っていました。だって家に帰るつもりでしたから。家に帰ることしか頭になかった。自分が施設で暮らすことなんか想像したこともなかったし、そもそも施設で暮らすという発想がなかったのです。

でも惇子に「もう家には帰れない」と言われました。あの子ははっきりしているから、それはもう、ズバッと。もう2度とあの家に帰れないなんて、と受け止めきれませんでした。でも、これが自然の流れならしょうがないと瞬時に思いが入れ替わったのです。

言う方の惇子もつらかったと思います。嫌な役目を引き受けてくれました。それに「いい施設を見つけるから」と言ったのです。惇子がそういうのだから、大丈夫だと思った。だって私のことを一番よく知っている人だから。

それで私、言いました。

「惇子に任せた！」って。

かね子さんご自慢のレシピ―3

牛肉のくわ焼き

お客様に出す、とっておきの一皿。かね子さんがお店で食べた味を再現して自分のものにしたそう。くわ焼きとは、昔、農民が畑仕事の後、鍬《くわ》で鴨《かも》や雉《きじ》の肉を焼いて食べたことからつけられたという。普通の焼肉と違って上品でおいしい。奮発していいお肉で調理してみて。

材料（4人分）

牛のもも肉（かたまり）…300g
A ― みりん…大さじ5
　　しょうゆ…大さじ3
　　酒…大さじ2
小麦粉…適量
サラダ油…大さじ1
大根・小ねぎ…各少々

作り方

1 牛肉は1センチ程度の厚さに切って、薄く小麦粉をまぶす。大根はすりおろし、小ねぎは小口切りにする。

2 フライパンにサラダ油を熱し、牛肉を入れて両面を軽く焼く。

3 鍋に**A**の調味料を入れて火にかけ、煮立ったら**2**の牛肉を加えて軽くひと煮立ちさせる。このとき、牛肉を煮すぎないこと。

4 器に盛り、小ねぎをのせて、大根おろしを添える。

第5章

「任せた!」後に訪れた平穏

娘の言い分

どの施設を選べばいいのか？

自宅に帰るだけなら、明日にでも退院できるけれど、母の行き先が高齢者向け施設となると話は違う。

私は、これまでに数えきれないほどの施設を取材してきた。有料老人ホームや特別養護老人ホーム（特養）、サービス付き高齢者向け住宅（サ高住）……金額で見ても入居一時金ゼロ円から1億円に至るまでさまざまだ。

そういう点から言うと、私は施設に関しては知識がある方だが、それは自分が将来入るかもしれない、つまり自分の老後の選択肢の1つとして見学していたのであって、親の入居という視点では見ていなかった。

母に「任せた！」と言われる少し前から、弟の同意も得た上で、私は施設探しをスタートしていた。果たしてこの短い期間で、母が落胆しない施設を探すことができるのか？　母の性格上、個室の方がよさそうだが、空室はあるのか？……気持ちが焦る。

予算は？　場所は？　どの程度の介護が受けられる施設がいいのか？　そんな大きな決断を短い期間で行うのはむずかしい。

若い看護師に、「あの〜すみません。母はこの病院に最長何日までいられるのでしょうか」と恐る恐る聞くと、何のためらいもなく「次にベッドを使う人が待っているので……」とくぎを刺された。延長は不可能らしい。そうですよね。病院もビジネスなのだから。

一旦、母が自宅に戻るという案も頭に浮かんだが、それをしたら二度と施設への入居を考えてくれないだろう。

まずは病院のソーシャルワーカーに相談するように言われ、指定された院内の一室で待っていると、あまりに若い女性が入ってきてびっくりする。そうか、今どき社会の第一線で働いているのは、こんなに若い人たちなのだ。「若い！」と感じたのは、自分が高齢者になった証拠なのかもしれない。

説明はマニュアル通り。いきなり紙を出し「このコースはいかがですか」と来た。まるでレストランのメニューを見せられ、早く決めるように急《せ》かされている気がした。

以前、取材で、ヨーロッパの福祉施設を訪問したことを思い出した。オランダでは、こういう場合、カウンセリングから始まる。まず、その患者のライフスタイルを知ろうとするのだ。どんな人生を送ってきた人なのか。シャンデリアの下で暮らしてきた人なのか、それとも、毎日テレビを観て暮らしてきた人なのか。信仰を持っているのか。自分の考え方を持っているのか。その聞き取り調査を経て、その人にふさわしい施設を紹介する。

オランダは人権を尊重する国だ。老人であっても、ひとりの人間として、相手の生き方を尊重する。個人を尊重するという観点から、日本は相当遅れている。

ゆっくり考えている時間はない

ちなみにソーシャルワーカーが勧めてくれたコースは「退院→介護老人保健施設（老健）→特養」だった。私は恥ずかしながら、老健のことはほとんど知らなかった。今まで、取材先に老健が入っていなかったのは、有料老人ホームやサ高住しか頭に浮かばなかったからだ。つまり、健康で自立した人の行き先しか想定できていなかったというわけだ。

老健とは、介護を必要とする高齢者が自宅復帰できるように、リハビリや介護サービスを提供する施設のことだ。入居一時金はなく月額の費用のみ、入所期間は原則3ヵ月だが、長くいる人もいるようだ、少ない費用で入居でき、特養への入居待ちとして利用する人も少なくない。老健は家族にとっても本人にとっても有難い存在なのである。

でも、当時96歳の超高齢な母が、リハビリを目的とした施設に入居するのは、ちょっと違う気がした。

とにかく、ゆっくり考えている時間はない。まずは家の近所にある高齢者向け施設をパソコンで検索してみる。結果、近隣には老健をはじめ、有料老人ホーム、小規模なケアハウスなどがあることがわかった。

さしあたって老健からスタートし、片っ端から見学に行く。コロナ禍を理由に見学できない施設も多かったが、玄関先のソファできちんと説明してくれるところもあった。しかし、老健は入居一時金がないとはいえ、ひとり部屋を選択すれば、介護サービス費、生活費に加えて特別室料もかかってきて、ゆうに月20万円は超えてしまう。

ああ、だんだん頭が痛くなってきた。

どこの高齢者施設も満員御礼

さらに施設情報をかき集める。でもどれも今一つ。高級有料老人ホームは私でも入りたいと思うほど素晴らしく、これなら母も納得してくれるかもしれないと思うものの、入居金や月の支払い額のゼロが一桁違う。いくら父の残した財産と潤沢な遺族年金があるとはいえ、到底無理だ。

もう少し費用が抑えられる施設はないものか。介護付き有料老人ホームをあたってみることにした。

最初に訪ねたのが、全国チェーンで展開している入居金ゼロ円で月々の管理費も10万円台の施設だ。建物は新しく、入居金ゼロは魅力だが、認知症の方がほとんどで、頭がしっかりしている母の居場所でないのは明らかだった。施設長はとてもいい方で、コロナ禍なのに部屋まで見学させてくれた上で、こう言った。

「ここは、あなたのお母さんが来るところではないですよ」

次に全国チェーンで展開している入居一時金200万〜300万円程度、月々20万円台の介護付き有料老人ホームも訪ねた。

が、パンフレットだけ渡され、満室で断られた。

さらに、病院系列の介護付き有料老人ホームがあることを知る。住宅地の中にある緑豊かな場所。早速見学に行くと、相談員の女性が、いいところだけでなく悪いところもきちんと説明してくれたので、心が動いた。ここならばと鼻息を荒くしたのだけれど、残念なことに満員だというではないか。私は焦った。

待機者が多いのは特養だけではない。高齢化の進む日本では、どこの高齢者施設も満員なのだ。せっかく決めたのに……がっかりしすぎて、肩がガクンとはずれそうになる。

落胆する私を見かねたのか、「お急ぎなら、ここの病院系列の老健にひとまず入り、こちらの部屋が空いたら移るのはどうでしょうか」と提案してくれた。藁《わら》をも掴む気持ちで頷いた。

「ありがとうございます。すぐに契約に伺います」と即返事をして、施設の外に出たときの、木々の緑が美しかったこと。私は久しぶりに大きく深呼吸をした。

あの母が満足してくれるのは

ホッとして家に帰ったのも束の間、「あの施設を検討しなくていいのか」という天の声がどこからともなく聞こえてきた。

あの施設とは、取材で何度か伺ったことがあり、社長と面識のある有料老人ホームのこと。お金はかかるけれど、「ここに入りたい」と自分がほれ込んだところだった。初めて社長に話を伺った時の感動を私は忘れられない。

数々の有料老人ホームを見てきた私が魅かれたのは社長の理念だ。一般的に日本の施設は、規則で入居者を管理しようとする。これはダメ、あれはダメ……規則、規則の連続だ。ところが、そこの施設には管理規程がない。お酒、煙草は自由だし、門限もない。犬や猫を飼ってもいいという。日本では珍しい。オランダのように人権を尊重する施設なのである。

１９８０年代に開設して以来、宣伝しなくても入居希望者が集まるのは、経営者の理念に共感する人が多いからだろう。あの母が満足してくれる施設はあそこしかないのではないか……。勢いのまま電話して事情を話したところ、たまたま個室が一室空いているという。午前中に来られるならと言うので、

「今すぐそちらに伺います！」

と化粧もせず家を飛び出した。社長と面談した結果、やはりここしかないと心に決める。

部屋に通してもらった。ワンルームだが、適度な広さ。トイレが室内にあるのもいい。一番目を引いたのは大きな窓。中庭の緑が見えて落ち着くのだ。母は絶対に気に入るに違いない。なぜか確信が持てた。

懸案の入居一時金は実家をいずれ売却すれば作れるだろう。弟とも相談して、当面は私たちが立て替えることにすれば売り急ぐ必要もない。月々の費用は母の年金でなんとか賄えそうだ。もうそれしかない。

昨日約束した病院系列の老健には、すぐに断りの電話を入れた。相手は狐につままれたようだったが、そんなの気にしてはいられない。

これで決まりだわ！

ぴったりの施設の見つけ方

さて、母と私の話から少し脱線するが、ここで自分に合った施設の見つけ方について書いておきたい。

私はこれまでの著作の中で、繰り返し、「最期を施設で過ごすのか自宅で過ごすのかを決めよう」と提案してきた。自分の最期をどこで迎えたいのか。ゴールが決まってないマラソンレースは不安だが、ゴールがはっきりしていれば、向かうための準備を前向きに行うことができる。ここが決まっていないと、一生迷うことになる。

90歳になって、やっぱり施設のお世話になるしかないと思っても、腰が悪くて郵便局にお金を下ろしにも行けない、書類にサインもできない、なんてことになりかねない。

私は実際にそういう方をたくさん見てきた。うちの母は走り回ってくれる娘がいるからお任せでいられるが、私のようなおひとりさまは早めにゴールを決めないといけないと思っている。

親でも自分の場合でも、施設選びで重要なのは何だろう。

①予算

まずはやはりお金の問題。入居一時金がいくらか。そして月々の管理費がいくらか。マンション購入と同じで、言うまでもなく、予算を決めることが重要だ。自分は、いくらまでなら出せるのかを考えておく必要があるだろう。

こういうふうに書くと、「お金のある人はいいけど、ない人はどうしたらいいのよ」と反論する人がいるが、私はその人に言いたい。「お金があれば幸せになれると思うのは間違いよ。あなたは、シャンデリアのついている有料老人ホームに住んでいる人が幸せだと思うの？」と。

幸せはお金では買えない。どんなに粗末な住まいでも、自分が幸せと思えれば幸せなのである。ものは考えようで、施設入居の選択肢のない人は、どちらにするか迷うことがない。お金がないというのは悪いことばかりではないのです。

②場所

施設のある場所も大事だ。慣れ親しんだ地元にするのか、便利な都市部にするのか、はたまた自然豊かな場所なのか。予算によっては、妥協しなくてはならないだろう。

③施設経営はどこが行っているか。経営者はどんな人か

施設の経営主体はさまざまだ。社会福祉法人、大手有料老人ホームグループ、民間企業、ＮＰＯ法人……。自分はどういったところなら信用できるのか？　考えておく必要があるだろう。施設長がよかったからと決める人がいるが、大手の場合、施設長は会社員なので、転勤だったり、定年だったりで、いずれ交代する

と思っていた方がいい。本当は、経営者に会って話を聞くのが一番いい。

④施設の理念に賛同できるか

施設のパンフレットはあくまでも入口。見学に行ったら、施設長に「おたくの施設の理念はなんですか」と聞いてみよう。そのとき、どこかの首相のようにモゴモゴ口ごもるようならやめた方がいい。

とはいえ、今までの時代と違い、右肩下がりの日本社会において、安心安全な施設をどう見分けるかはかなりむずかしくなるだろう。大金を払ったのに経営母体がつぶれるのが一番の恐怖だ。おどかすわけではないが、これからは、自宅で死ぬのも、施設で死ぬのも、どちらを選択するにせよ、相当の「覚悟」が必要になりそうだ。

施設に入るというのは、つまりは他者に命を預けるということ。何が起きても私はいいですという宣言でもある。だから、自宅派であろうと施設派であろうと

「自分はここで死ぬ」という強い意思を持つ必要があるように思う。これはまだその覚悟ができていない私自身に言っている言葉でもある。

母のような超高齢者の場合は別として、われわれにはまだ何十年も先があるのだから、今からしっかり考えて選択するのがいいだろう。

何も要望を言わない母

「惇子に任せた！」と一任されたのはいいが、母は私が選んだ施設がどんなところかまったく知らない。それどころか訊きもしない。私の独断で決めた母の行き先だ。社長の理念に惚れたとはいえ、コロナ禍なので施設内をくまなく見学したわけではない。もし気に入らなかったらどうしよう、という不安はぬぐいきれなかった。

明るく、中庭が美しい施設だが、認知症状がありそうな方が多く見受けられる。

介護の必要な人のための施設なので当然といえば当然だが、母と話が合うような入居者がいるのか心配だ。友人はできるのかしら。

自分の好きなものに囲まれた大きな家とは比べものにならないが、個室は要介護のお部屋としては広い。9畳ある。眺めも日当たりもいい。


退院当日は晴れだった。一度自宅に寄ると里心がつくかもしれないので、申し訳ないが、病院から直接、介護タクシーで施設に向かう。その選択にも母は異議を唱えなかった。

気に入ってくれるだろうか……。コロナ禍なので母の部屋に私は1時間ほどしか滞在できない。荷物を運び入れたら、すぐに母と離れねばならなかった。帰り道、安堵か不安かわからないが、涙があふれて止まらなかった。

入居翌日、書類にサインをするために再び施設に向かう。昨夜の母は枕を濡らしていたに違いない。施設のケアマネジャーに恐る恐る聞くと、意外な言葉が返ってきた。

「泣いていた？　全然ですよ。笑ってらっしゃいますよ。お母さまの適応力は素晴らしいです」

こちらの予想を裏切る母には驚かされるばかりだ。

母が入居した当初は、コロナが猛威を振るっていたため、面会は許されず不安だった。手紙を預けたり、必要なものは毎日のように届けたりしたが、じかに本人の反応が見られないのがもどかしかった。

だから、中庭で20分間の面会が許された時は嬉しかった。やっと顔を見て話せる。本人が元気なのはスタッフから聞いてはいたが、本当にそうなのか。実際に顔を見るまでは信じられなかった。

しかし、こちらの心配をよそに、車椅子で運ばれてきた母は、私より元気ハツラツに見えた。すごい！　やはり母はただものではない。

施設生活の感想を訊くと、「食事がおいしいの。全部、いただいているわよ」とご満悦。人並み外れて味にも器にもしつらえにもこだわる母が、人が作った料理を褒めるとは驚いた。このことを近所に住む母の友達に話すと、皆がびっくり仰天した。

「あの食べ物にはうるさいお母さんが？　施設のごはんを褒めている？　あらら、信じられないわ」

母は〝生き方上手〟だ

母はなぜここまで気持ちを切り替えられたのだろう？　あれほどこだわっていた「自宅でのひとり暮らし」だったのに。

それどころか家のことも全く気にならなくなったようで、話題にも出さない。強がりなのか？　しかしそうでもなさそうだ。私は今、母の代わりに実家を片付けているのだが、良かれと思って、「今のおうちの状態を見たい？　写真を撮ってきたけど」と母に尋ねたところ、「見なくていい」ときっぱり言われた。こちらが拍子抜けしてしまった。

先日、母が大事にしていた美しい彫刻がなされた観音像を持って行った。どこで手に入れたのかは知らないが、仏壇の隣にずっと置いてあったものだ。とても喜んでくれて部屋に置いて眺めながら、お経をあげているらしい。持参してよかったと思っている。しかし、それ以外に「持ってきてほしい」と言われたものはない。

とにかく母の気持ちの切り替え力はすごいのだ。私はあんなにも潔く決断できるか自信がない。

振り返ってみれば、母は水泳を辞めた時も、まったく後ろ髪を引かれた様子が見られなかった。荒川を横断していたという子供時代からずっと、母にとって水泳は生活の一部だった。たしか私が小学生の頃、近所の家族と一緒に川下りで有名な長瀞《ながとろ》に行った時、母は「泳ぎたい」欲がむくむくと湧き上がってきたのか、同行した娘さんの水着を借りて飛び込んだ。横泳ぎでお魚のように泳ぐ母を見た時は衝撃だった。たしか、フリフリのスカートがついたピンクの水着だった気がする。

それほどの水泳好きだった母だが、40代の時、よく当たるという占い師に「あなたは水の事故で亡くなる」と言われてしまった。その翌日から、ピタッと泳ぐのをやめた。

母は決断をしたら、もう後ろを振り返らないのだ。それがどんなに好きなものであっても。どんな決断にもくよくよしてしまう私とは大違いだ。

先日、母の友達とこの話をしていたら、彼女はこう言った。

「あなたのお母さんは、くよくよしないからすごいわ。〝生き方上手〟ね。なかなかできないことよ」

もう1点、私が母に敵《かな》わないと思っていることがある。友達しかり、近所の人しかり、多くの人に慕われていることだ。95歳の壁にぶち当たった母が、それでもなんとか自宅で生活できていたのは、母のことを心配してくれ、手を差し伸べてくれた友達の支えが大きいだろう。施設に入ってからも、入れ替わり立ち替わり、多くの友人が面会にくるという。

母はなぜ、ここまで人に好かれるのか？

一つは、「話し上手」であること。母は、明るい性格で、おしゃべりも達者である。おしゃれにも気を配り、料理も得意。楽しいことが大好きで、いつもニコニコしているので、一緒にいて心地よいのだろう。

二つ目に、「喜び上手」であること。何を持参しても、少女のように「キャー」と言って大喜びしてくれるのだ。

先日、宮城県仙台市から母の旧友夫婦が施設を訪れた。このご夫婦は、福島に滞在していた際の、父の同僚の娘さんとその夫で、長年家族ぐるみのお付き合いをしている。毎年母は、彼女のお宅で1週間ほど過ごしていた。「お母さんと話していると、いつも勉強になるの」と彼女は言ってくれる。さらに夫君も優しい方で、毎回家族のように歓迎してくれていた。母が施設に入ったことを伝えたら、先日、わざわざ東京まで夫婦で足を運んでくれたのだった。しかも、母の大好物のローストビーフを手に。もちろん母は「キャー」と車いすから立ち上がるほど大喜び。反応を見たご夫婦も大喜び。母は、どうやら相手に、無条件に何かしてあげたいと思わせる魅力を持っているらしい。

三つ目に、「お礼上手」である。母は感謝を表すのを忘れない。何かいただきものをすれば、かならずお礼状を出している。知り合いのお宅にお呼ばれをした際には、帰宅したらすぐに電話をして「今、家に戻りました。今日は本当にありがとうございました」とお礼の言葉を告げる。こういう振る舞いを続けるのは、意外とむずかしいものだ。

今も施設で、スタッフさんたちと仲良くしているらしい。母の振る舞いには、私も含め、見習った方がよいことがたくさんある。

「優しくなった」自分を感じて

施設での母は、面会に行くたびに穏やかな顔になっていく。おそらく安心したのだろう。

一方の私も、やり遂げた感があり、母に優しい言葉がかけられるようになった。私は面倒なことは避け、お気軽なシングル人生を送って来たが、最後に少しは母の役に立てたことで自分も成長させてもらえたような気がして、うれしい。

母娘に限らず、人と人との関係をうまく保つコツは、強弱のバランスだなあとつくづく思う。強と強はぶつかりあうが、どちらかが弱いとそこに思いやりが生まれる。

実は、施設に面会に行くたびに、いつもドキドキなのだ。なぜなら、一般的には施設に入ると認知症が進みがちと言われているからだ。しかし、スタッフに車椅子を押されて中庭に来る母は、いつも私を驚かせる。

自宅にいたときのように、イッセイ ミヤケのカラフルな服に、大のお気に入りの個性的な帽子をかぶっての登場だ。カラスのくちばしのようなアバンギャルドなデザインで、そちらもイッセイなのだ！　堂々としていて、自宅にいても施設にいても、母は母なのだ。

今も一日ベッドの上で過ごすことはなく、部屋の中であれこれ動いているようだ。車椅子に乗っていても、背もたれには寄りかかっていない。あっぱれである。そして、先日のお土産で味をしめたのか、差し入れの希望はいつも牛肉だ。口癖は「牛肉を食べてないと、力が湧いてこないのよ」。

この97歳はすごすぎる！

まだまだ人生を前向きに楽しんでいる。どんな環境でも自分を崩さない。でも、娘の私としては、あまりにすごすぎてついていけません！

母の言い分

自宅はちょっと広すぎたのかも

惇子は何でもすることが早いの。ダーッと動いて自分の思うようにして個性的すぎると思っていたけれど、父や夫の言うように自由に育ててよかった。いざという時に本当に頼りになります。

任せたからには文句は言うまいと思っていました。そうでないと、任された方は困っちゃうでしょう。だから、惇子がどういう施設を選んだのかも、その理由も聞かなかった。

でも、不思議なんですよ。病院から介護タクシーに乗ってこの施設の入り口に降り立った時、一瞬、自分の家の門と重なったの。そしてスーッと中に入ってしまった。なんの抵抗もなく。

個室にしてくれたのもうれしかったです。今の部屋は清潔感があって、ホテルみたい。狭いけど、ひとり暮らしなら十分です。今思うと、自宅はちょっと広すぎたのかもしれませんね。室内にあるトイレにも自分で手すりをつたって行けますし、使い勝手がよくてとても気に入っています。大きな窓からは緑が見えて季節が感じられるし、鳥の声も聞こえてきます。

中庭は、緑や花でいっぱい。施設の人が丁寧に花壇を手入れしているようです。しかも、敷地内に幼稚園があって、お庭に出ると、子供たちの元気な姿を見ることもできます。

気づけば、あんなにこだわっていた家にも、帰りたいと思わなくなっていました。住んでいる限りは大事にしたいと思っていたけど、もう散々楽しませてもらったのだからね。ここで未練はおしまい。もっと、もっと、と言い続けていたらキリがない。

ひとりで自宅で暮らすのも、誰かが潮時を決めてくれないとズルズルしてしまうものなのですよ。できないことが増えたな、と思っていても、自分ではいつがその時なのかがわからなかった。

でも、今の場所に来てなぜかホッとしました。部屋ではひとりでいられるけれど、何かあったらすぐにスタッフの人が来てくれるでしょう。その安心感があるのです。夜もぐっすり寝られるようになりました。そう考えると、本当はひとり暮らしを続けていく自信がなくなっていたのかもしれません。自分でもよくわからないのだけれど、それを認めたくなかったのね。

部屋も自分らしく飾って

ただ、今の施設に入居するのにも、毎月のお支払いにも、まとまった金額が必要だったと聞きました。ここに住めるぶんのお金を遺してくれた夫に、感謝しなくてはいけないわね。

とにかく、すべて惇子に任せています。家にあった物はすでにずいぶんと処分したようです。業者に全部お願いして進めてもらったと聞いて、ドライな惇子らしいなと思いました。私が収集した衣服や食器、私が作った鎌倉彫や絵画など、家にはものがいっぱいありましたから、きっと惇子や息子が片づけることになったら大変だったでしょう。だからプロに任せるのが大正解！　話を聞くだけで、スッキリしました。

そうは言うものの、惇子は私が自宅に飾っていた思い出深い置物たちを見繕って、持ってきてくれています。今の部屋に並べたら、ちょっと温かみが出た気がする。よりいっそう、ここは〝自分の城〟なんだと思うようになりましたよ。

今日は額縁に入った刺繡を届けてくれました。思い出の風景を刺した私の作品です。一針一針コツコツと、自分でもよくやったなあと思います。

福島時代は家で夫の帰りを待つ時間が長くて持て余していましたから、それで刺繡を習い始めたのです。先生がものすごく褒めてくださったので、嬉しくて一時期打ち込んでいたの。東京に戻ってから「教えてください」とおっしゃる方もいたけれど、当時は人に教えるのはあまり好きではなかった。自分の世界に閉じこもって、集中していると無心になれるでしょう？　それがいいのですから。

あんなこともあった、こんなこともあった、と思うけれど、懐かしいだけでモノに未練はありません。今部屋にある分だけで十分です。

人間関係は無理して広げない

スタッフの皆さんはとても親切ですよ。部屋にはたくさんの人が出入りするので、なかなか名前を覚えるのは大変です。でも、私の暮らしを助けてくださっている方々ですから、なるべく名前でお呼びしたいと思っています。

なんといってもご飯が美味しいのが嬉しい。施設の中のレストランには、板前さんが何人もいて、私たちの食事を毎日作ってくれています。惇子に聞いたら、施設内で調理するところはそう多くないんですって。私が食にこだわりがあるのを娘は知っているから、ここを選んでくれたのかと思うと、ありがたいです。

欲を言えば、お肉のお料理がもっと多いといいのに……。惇子がコロッケとか、牛肉のお料理を作って届けてくれるので、それを楽しみにしています。部屋でお料理はできないけれど、レンジでチンして食べられるから。惇子が作ってくれるコロッケは、昔から私が作っているレシピなの。娘が味を受け継いでくれているのを感じつつ味わっています。

食事は自分の部屋に運んでもらって食べています。レストランで他の人と食べることはしません。

実は、施設の他の入居者とはあまり交流していません。今後はわからないけれど、今はまだここで友達を作る気はないの。ひとり暮らしを楽しむためにここにいるのですから。

普段はひとりで本を読んだり、雑誌を読んだりして過ごしています。活字をこんなにゆっくり読めるのが嬉しくて、差し入れてくれるものをじっくり読んでいます。だから、暇だということはありません。毎日が楽しい。

そうこうしていたら、惇子が部屋に電話を設置してくれました。今まで仲良くしていた趣味のお友達や、お世話になったご近所さんと自由に話せるように、気を使ってくれたようです。お友達とはしばらく連絡を取れていなかったのだけれど、電話ができるようになって近況を話し合えてよかった。施設まで会いにきてくれた人もいるのですよ。私が大好きなローストビーフを持って。本当にいいお友達に恵まれたと思います。

願わくば、お友達と外食したい。早くコロナ禍がおさまって、外出できるようになってほしいです。「今半」でビフテキ、それから「久兵衛」のお寿司が食べたいわ～！　それまでに動く練習をもっとしておかないとね。

おしゃれに華やかさは忘れずに

ちょっと悩みがあるとしたら、施設の方が何でもしてくれすぎてしまうことかしら。もちろん、ありがたいのですけれど、私はなるべく自分でやりたいのです。そうでないとボケてしまいそうだから。まだまだ何だってできますよ。簡単な掃除くらい何でもない。今でも寝転んで過ごすことはほとんどありません。

とくに洋服のことは自分でしたい。うっかり脱いだ洋服を置いておくと、スタッフさんがお洗濯してくれるのですけれど……。こないだはお気に入りのプリーツプリーズのパンツにアイロンまでかけてのばしてくれたの。でもあれ、プリーツがなくなったら意味ないのよ。

こちらに来てからも、毎朝、「今日は何を着ようかしら？」と考えています。おしゃれするというほどでもないのだけれど、洋服のことを考えるのが好きなのです。

家を片づける際に、服も帽子もずいぶんと処分したみたいですけれど、私が気に入っていたものは惇子が残してくれました。ここはクローゼットが小さいから、季節ごとに服と帽子を持ってきてもらって、入れ替えて引き出しに入れています。

私は華やかな色や柄物が大好きだから、引き出しに入っているのを見るだけで、気持ちが上がります。そこから一つずつ出して、今日の服を決めるのも、私の大切な時間です。

一番お気に入りの帽子も持ってきてくれました。惇子は「カラスのくちばしみたい」なんて言うけれどね。今あるワードローブの中で一番奮発したものなの。「頭の小さい松原さんにお似合いになると思って」と、お店の人が取り置いてくれていたのを見て、一目惚れ。服に合わせて、つばの部分を後ろに回したり、斜めにしたり工夫できるのがいいのよ。

お化粧もしています。こちらに入所した後しばらくして、惇子に眉墨と口紅を買ってきてもらいました。朝の6時に施設の人が様子を見に来てくれるので、それまでに絶対に眉毛は描くようにしています。ただでさえお婆ちゃんなのだから、少しでも綺麗に見える方が、相手も気分がいいでしょう？

やっぱり華やかな方がいいですね。誰にも会わなくても、華やかにした方がいい。自分の気持ちが違うもの。

娘からの手紙に爆笑して

惇子はモノを届けるだけでなく、手紙も書いてくれます。これがまたすごく長いの。だからゆっくりと時間をかけて読んでいます。いろいろなことが書いてあるけれど、最後の言葉はいつも決まって、「絶対にボケないでくださいね」。電話でも「ボケないでよ」って念仏みたいに言ってくるのです。本当にもう、失礼しちゃうわ。

施設に入居すると、人と会話する機会が減るので認知症の症状が出やすいらしいのです。それを心配しているのね。

惇子曰く、私が認知症になると、役所の手続きや銀行預金の引き落としなどがやたらとむずかしくなるそうです。頭がはっきりしていれば、私の委任状だけで惇子が代理で動けるのですって。

それだけでは足りないと思ったのか、先日送ってきた手紙には、「ボケないためにしてほしい6つのこと」なんていうものが書かれていました。

一、朝起きたら「今日は何日か」を口に出していうこと。
（例）今日は2022（令和4）年10月30日、日曜日です

二、雑誌や本を読む時、声を出して読むこと。

三、テレビを観るときは、面白くなくても大げさに笑うこと。
（例）アハハハ。ワハハハ

四、テレビは黙って観ないこと。必ず突っ込みを入れるべし。つまらない番組でもテレビはボケ防止になる。つまらないなら、「なんなの！　あんた、ばかじゃないの」と大声で文句を言っ

てよし。

五、〝おしゃべりワンちゃん〟（声の出る柴犬のぬいぐるみ）の背中をたたくと歌うので、一緒に歌うこと。

六、言うまでもないけど、お化粧、おしゃれはいつものようにかっこよく。

よろしくね！

惇子らしい言い回しで書かれているので、大笑いしちゃいました。心配してくれているのだから、嬉しいですね。この6箇条は見えるところに置いて、気を付けるようにしています。

その後、司法書士さんが「本人確認」のために施設を訪れた時、6箇条のおかげで私はばっちり答えることができました。ボケていないことがわかって、惇子はひと安心したみたい。高齢だけど、まだまだ大丈夫よ！

まさか、こんなに穏やかな気持ちで過ごす未来が待っていたなんて思いもよりませんでした。いろいろと考えてくれた子供たちに本当に感謝しています。惇子は一所懸命に私が気に入りそうな施設を探してくれました。あの時、任せてよかったと心から思っています。

私、幸せです。素晴らしい終着駅にたどり着くことができたから。あとどのくらい生きるかわかりませんが、2人の子供が元気でいてほしいと思ってくれているから、命を大切にしながらこれからも楽しく過ごしたい。

97歳、大満足です！

おわりに

この本の出版のお話があったとき、正直、私は迷った。なぜなら、母と同居してからの葛藤については、既にエッセイや雑誌のインタビューなどで語りつくしていたし、私としては、もう母のことには触れたくなかったからだ。

しかし、編集者の熱い思いを聞いているうちに、私の気持ちはしだいに変化していく。編集者は言った。

「松原さんと同じように親との同居で悩んでいる方は多い。体験者である松原さん親子から、大変だったこと、うまくいくコツなどをお聞きしたい。今回は、娘の思いというよりは、お母さんの思いも伺いたく思っています。娘との同居の本音、その後、95歳でひとり暮らしに戻ったときの本音を活字にしたいのです。この貴重な体験を語れるのは松原さんしかいません。話したくないこともあるかもしれませんが、読者のために、ひと肌脱いでいただけないでしょうか。絶対に、読者の皆さんに、勇気をもたらすことができると思うのです。それができるのは松原さん母娘しかいない」

「読者に勇気をもたらす」という言葉に私はハッとさせられた。忘れていたが、それこそが、私が物書きという仕事をしてきた原点であるからだ。何を躊躇しているのか。私らしくないわ。

出版を了解し、恐る恐る母の協力を仰いだが、97歳になろうとしている超高齢の母は、細かいことは何も聞かずに取材に応じた。本が出ることの影響よりも今晩のメニューの方に関心があるらしい。

それどころか、表紙の写真撮影のときは、カメラマンやスタッフに囲まれ、上機嫌。さらに「お母さん、かわいい！　おしゃれ！　こんなに素敵な90代はいない！」というスタッフの賞賛の嵐には、そのまま昇天するかと思われるほど有頂天になり、「今日は最高にうれしい日でした。皆さん、ありがとう！」と大声で言いながら手を振り、車椅子でその場を去った。

この本は「娘の言い分」「母の言い分」からなる。初校ゲラができ上がり、初めて「母の言い分」を読むことになり、私は少し動揺した。同居していたときの大変さはすでに過去の著作の中にも書いてきたが、母の心境は娘の想像でしかなく、本心を聞いたわけではなかったからだ。母親の本音を知るのはやっぱり怖い。編集部から送られてきた初校ゲラの入った包みを開けるときは、まるで時限爆弾の包みに手をかける気分がした。開けるべきか、開けざるべきか。今、開けるべきか、後で開けるべきか……。

いったい母は何を語ったのか。勝手な娘だと思っているのか。それとも、突然の同居を実は歓迎していたのか。頭の中がくるくる回って、想像だけで倒れそうになった。自宅では読む気になれずに、近くのファミレスに行き、軽いざわめきの中でカフェラテを飲みながら、恐る恐るページをめくる。

「母の言い分」を読みすすめているうちに、私は泣いていた。母は私を理解してくれていたことがわかったからだ。特に私が子供の頃の話は、胸が痛かった。両親は私の個性をつぶさないように、何もいわずに自由にさせてくれていたのに、私は、ただの放任主義の何のアドバイスもくれない親だと思っていたからだ。ひとりで生きてきたつもりの私は、なんて浅い人間だったのか。両親の大きな愛情という雲に包まれていたからこそ、のびのびと生きてこられたというのに。

母の取材を編集部に依頼してよかった。私が取材したのであったら、母はここまで本音を話さなかっただろう。

母が施設に入ってからの私は、毎週のように差し入れするやさしい娘になったが、2人の間のわだかまりが消えたわけではなかった。

構成の段階で、「母の言い分」の分量が多くて戸惑い、「微妙な問題なので、ここは削ってください」とかなり注文をつけて編集者を困らせたが、最終的に、方向性が一致し、出版にこぎつけることができて本当によかったです。

もし、この本の企画をいただかなかったら、母との溝を一生埋めることはできなかったでしょう。「お母さん、ごめんね。ありがとう」と心から言うことができたのは、この本のお陰です。すると、長い間、固くこびりついていた殻がはがれだし、中から子供の頃の私が出現したのです。

母との和解のきっかけをくださった、中央公論新社の瀧澤晶子氏、婦人公論編集長の三浦愛佳氏、婦人公論編集部の谷口法子氏、写真家の宮﨑貢司氏、ライターの丸山あかね氏、本当にありがとうございました。特に母の取材に何度も施設に足を運ぶだけでなく母の好物のローストビーフを差し入れしてくださった谷口氏には、感謝してもしきれません。皆様のお力がなかったら、この本は完成しませんでした。母に代わってお礼を申し上げます。

2022年12月15日

松原惇子

松原かね子

1925年、埼玉県生まれ。21歳の時国家公務員の夫と結婚、専業主婦として一女一男を育て上げる。78歳で夫と死別後、ひとり暮らしを続けていた。趣味は、お茶、鎌倉彫、盆景。娘の松原惇子さんの著書『母から娘へ伝える昭和の食卓』『母から娘へ伝える昭和のレシピ』(ともにリヨン社)に料理担当として登場した

松原惇子

ノンフィクション作家。1947年、埼玉県生まれ。昭和女子大学卒業後、ニューヨーク市立クイーンズカレッジにてカウンセリングで修士課程修了。39歳のとき『女が家を買うとき』(文藝春秋)で作家デビュー。3作目の『クロワッサン症候群』(文藝春秋)はベストセラーに。1998年には、おひとりさまの終活を応援する団体、NPO法人SSS(スリーエス)ネットワークを立ち上げる。『母の老い方観察記録』(海竜社)、『ひとりで老いるということ』(SB新書)など、著書多数

97歳《さい》母《はは》と75歳《さい》娘《むすめ》
ひとり暮《ぐ》らしが一番幸《いちばんしあわ》せ

2023年2月10日　初版発行

著　者　松原《まつばら》かね子《こ》
　　　　松《まつ》原《ばら》惇《じゅん》子《こ》

発行者　安部順一

発行所　中央公論新社
〒100-8152　東京都千代田区大手町1-7-1
電話　販売 03-5299-1730　編集 03-5299-1740
URL https://www.chuko.co.jp/

ＤＴＰ　嵐下英治
印　刷　共同印刷
製　本　共同印刷

Published by CHUOKORON-SHINSHA, INC.
Printed in Japan　ISBN978-4-12-005623-9 C0095